경찰, 관 속으로

경찰관속으로

초판 1쇄 발행 2019년 9월 27일
초판 9쇄 발행 2023년 12월 11일

지은이 원도
펴낸이 황남희
책임편집 손선일, 안지혜, 황부농
디자인 스튜디오 티끌
일러스트 변영근

펴낸곳 이후진프레스
출판등록 2018년 1월 9일(제25100-2018-000002호)
이메일 2huzine@gmail.com
인스타그램 @now_afterbooks

ISBN 979-11-962955-6-1 (03810)
값 14,000원

이후진프레스는 독립책방 이후북스의 출판 브랜드입니다.

이 책 인세의 일부는 원도 작가님 뜻에 따라 순직, 공상 경찰관을 위하는 '재단법인 참수리사랑'에 기부됩니다.

경찰관 속으로

언니에게 부치는 편지

원도 지음

차례

— 이 책의 내용은 작가의 개인적인 생각이며 다른 경찰관이나 경찰 조직 전체의 의견과는 다를 수 있음을 알려드립니다.

— 여는 글

언니에게

안녕, 언니. 언니, 안녕. 언니를 먼저 불러야 할지, 언니에게 인사부터 건네야 할지 몰라서 두 개 다 써봤어. 막상 언니라고 부르긴 했지만 내가 지금 정확히 누구를 향해 편지를 쓰고 있는지는 나도 잘 몰라. 하지만 내 인생을 돌이켜봤을 때 나의 속마음을 털어놓는 사람은 언제나 언니였으니까, 그게 나의 친언니든 경찰 동기 언니들이든 사회에서 만난 언니든. 그래서 정해진 사람 없이 '언니' 하고 두서없이 불러봤어.

언니, 사실 요즘 나 많이 힘들어.

내가 경찰이라는 조직에 입사한 지 이제 겨우 3년이 넘었어. 얼마 안 되는 햇수인데, 그사이 스스로 너무 많이 늙어버렸다는 생각을 해. 3년 동안 참 많은 사람을 봤어. 말 그대로 사람 말이야. 살아있는 사람, 현장에 도착했을 때 이미 죽어있던 사람, 그리고 죽은 사람 옆에 남은 사람들까지.

한 사람 속에도 수많은 이야기가 있지만, 세상은 그 이야기에 도무지 관심이 없더라. 어제 사람이 죽어서 인구가 한 명 줄어버린 관내를 오늘 아무렇지 않게 순찰해야 하는 직업, 바삐 돌아가는 세상에서 자기 자리를 잡지 못하고 떨어져 나온 탓에 그 누구도 관심 가져주지 않는 사람의 이야기를 들어주는 직업, 그게 경찰관이더라. 다른 게 아니더라고.

경찰 일을 오래 하면 현장에 갔을 때 떨어진 피의 양만 봐도 그 사람이 죽었는지 살았는지 알 수 있대. 정말 맞는 말 같아. 굳이 피를 흘리지 않아도, 그 사람의 눈동자만 쳐다봐도 얼마나 삶이 망가졌는지

어느 정도 가늠이 가는 걸 보면. 언니는 삶이 송두리째 망가진 사람을 본 적이 있어?

언니, 나는 생명윤리라는 건 이제 잘 모르겠어. 살아도 산 것 같지 않은 사람들을 보면 이렇게 살 바에는 죽는 게 낫지 않을까, 속으로 이런 생각을 하고 있다니까. 매일 소주를 마시면서 행패만 부리는 주취자를 보고 속으로 이 사람은 얼른 사라지는 게 나라를 위한 일이겠다는 생각을 해. 아무런 죄책감도 없이 욕을 하고 침을 뱉으며 노상 방뇨를 하는 아저씨를 보면 뒤통수를 때려주고 싶은 충동에 휩싸이고. 건실하고 건강한 사람만이 존엄한 생명은 아닌데 그렇지 않은 사람을 보며 저런 삶은 가치 있는 삶일까 하는 생각이 나를 잡아먹고 있어. 언니는 이런 내 마음을 이해할 수 있어?

점점 회의적이고 냉소적으로만 변해가는 내 모습을 지켜보는 게 견디기 힘들다고 어느 선배에게 토로했더니, 선배는 그런 이유로 괴로워하는 너는 아직 초심이 남아있는 거라고 하더라. 그 말을 듣고 언니에게 이 편지를 쓰게 되었어.

내가 초심을 잃어가는 기록, 내가 그동안 쌓아 올린 나만의 정의감이 손바닥 속 모래알처럼 점점 흩어지는 것에 대한 관찰기, 다른 사람도 아닌 언니에게만 털어놓을 수 있는 양심의 자책.

산다는 것과 죽는다는 것은 무엇인지, 옳고 그름은 또 무엇인지, 범죄란 진정 무얼 뜻하는 말인지. 그리고 돈으로 굴러가는 세상에선 전혀 주목받지 못하는 어느 사람의 일생, 이 모든 것의 한가운데 서 있을 수밖에 없는 경찰관의 일기. 그것에 대한 이야기야. 내가 이 편지를 언니에게 부칠 수 있을진 모르겠지만 혹시나 언니에게 이 글이 닿는다면 나에게 전화 한 통 해줘. 기다릴게.

1장

산
사람

양치기
소녀

오늘은 출근하는 길이 유난히 피곤했어. 어제 늦게 잠들어서 그런가 봐. 언니, 파출소에서 오래 일하다보면 주간근무 전날엔 제시간에 잠들기 힘들어. 나는 나만 그런 줄 알았거든? 그런데 파출소에 근무하는 사람 대부분이 나와 비슷한 불면증을 겪고 있대. 야간근무가 몸의 리듬을 깨뜨리나 봐. 새벽에 뜬 눈으로 밤을 새고 아침에 자는 버릇이 들어서 이제 밤에는 잠이 오지 않는 거야. 그래서 주간근무 전날에는 겨우 새벽 3시쯤 잠이 들어. 그러면 3시간 남짓을 자고 또 출근을 해야 해. 그러다 보니 야간보다 오히려 주간이 더 피곤하게 느껴지는 날이 많아. 아무튼 그날도 그렇게 피곤한 상태였는데 신고가 들어온 거야. 내가 점심으로 칼국수를 시킨 직후였어. 여자가 살려주세요, 라는 말을 남기고 전화를 끊었대.

여자가 112에 전화해서 그 말만 남기고 전화를 끊은 후 연락이 되지 않으니 112지령실에서는 난리가 났어. 무전으로 상황보고를 재촉하고 출동 경찰관에게 직접 전화도 하면서 어떻게든 여자를 찾아야 한다고 했지. 일단 신고자가 전화를 받지 않으니 112지령실에서는 위치추적을 실시했어. 하지만 정확도가 비교적 높은 GPS 위치 대신 기지국 위치가 뜬 거야. 기지국 위치는 상황에 따라서 반경 2킬로미터, 어떨 땐 그 이상까지 잡히기 때문에 이 결과를 토대로 사람을 찾아내는 건 사실상 불가능해. 2킬로미터 안에 도로만 있는 게 아니잖아. 그 반경 안에 상가, 아파트, 빌라 등이 전부 포함되는데 어떻게 거길 다 방문하겠어? 아파트 한 동만 해도 세대 수가 엄청나잖아. 어려운 상황이었지만 우선 위치값으로 향했지. 가니까 웬걸, 아무것도 없는 논밭 한가운데인 거야. 비닐하우스가 즐비한 밭 앞에 도착한 순찰차는 갈 곳을 잃었어.

파출소에서는 신고자의 신고 이력을 볼 수 있는 시스템이 있어. 해당 번호로 어떤 신고를 했고 어떻게 그 신고가 마무리되었는지에 대한 기록을 볼 수 있거든? 이번 신고자의 신고 이력을 보니 흔히들 말하는 '보통' 사람으로 보기엔 어려웠어. 이제 갓 스무살을 넘긴 신고자는 술값시비, 무전취식, 무임승차, 주취폭행 등 화려한 이력을 자랑하더라고. 바로 전까지 신고자는 곧 가해자였고 신고자의 애인이거나 친구들이 피해자였더라. 언니, 언니라면 이 사람이 하는 말을, 살려달라는 말을 믿을 수 있겠어? 선입견이 생긴 상태에서 누구라도 신고자의 말을 있는 그대로 믿기는 어려웠을 거야.

아마 언니도 나와 같은 마음일거라 생각해. 이번에도 허위 신고라는 생각이 들었어. 아니, 사실 이미 그렇게 단정 지어버렸어. 그렇지만 나는 신고자를 찾아야만 해. 혼자서 속으로도, 현장에 출동한 선배와 같이 겉으로도 신고자 욕을 무진장 했어. 하지만 내 마음 깊은 곳에서는 그녀가 무사하길 간절히 바랐어. 그냥 지금까지 그랬던 것처럼 오늘도 술에 취해 인사불성으로 신고한 것이기를 빌었어. 누군가와 싸움을 했든 혼자 기분이 나빴든 어쨌든 간에 홧김에 신고한 것이길 바랐어. 전화를 수십 통 해도 받지 않는 건 지금 술에 너무 취해 집에서 잠든 탓에 그런 거라고 믿고 싶었어.

신고자와 연락도 되지 않고 수색에 진척이 없자 112지령실에서는 곧 112타격대와 형사팀까지 동원해 더 넓은 범위를 수색하도록 지시했지. 나는 해당 위치 인근에 있는 모든 비닐하우스에 다 들어가봤어. 언니, 비닐하우스 내부 온도는 정말 높더라. 안개꽃 비닐하우스던데 안개꽃은 따뜻한 곳에서 자라는 꽃인가? 사실 이 동네에 안개꽃을 이렇게 대규모로 키우는 곳이 있다는 것도 처음 알았지만. 농사를 짓던

분들은 난데없는 경찰의 등장에 놀라 무슨 일이냐며 묻기도 하셨지.

언니, 나는 진짜 화가 났어. 이 감정은 '짜증'이 아니라 '화'였다고. 내가 정말 철없이 사는 인간 하나 때문에 무슨 고생이야. 11시에 시켜놓은 칼국수가 두 시간 넘게 불어터지고만 있는데. 나는 지금 밥을 먹어야 하는데. 다 먹고 살자고 하는 짓인데 나는 왜 밥도 못 먹고 진흙에 신발이 푹푹 빠져가며 온 밭을 헤매고 있는 거지. 샤브샤브 국물이 끓듯 속이 부글부글 끓었지만 동시에 진심으로 빌었어. 제발 아무데서도 나타나지 마라. 제발 술에 취해 어디에 누워 자고 있든지, 한창 흥이 올라 술게임을 하고 있든지 상관없으니까 안전하게만 있어라. 이 논밭 어디에서도 발견되는 일이 없도록 해라. 급한 걸음으로 지나가는데 밭 곳곳에 설치된 물탱크가 보이는 거야. 사람을 죽인 후 물탱크에 시체를 유기한 김길태 살인사건이 생각난 나는 물탱크 안까지 확인하지 않을 수 없었어. 없어도 짜증, 있으면 더 큰일. 포천 여중생 살해사건이 생각나 배수

구까지 확인하던 나는 급기야 휴대폰만 버리고 도망갔나 싶어서 논밭 곳곳에 쳐박힌 쓰레기 더미까지 뒤졌지. 도대체 어디 있는 거야! 언니, 나는 문득 울고 싶어졌어.

이 소동은 너덜너덜해진 내가 파출소로 돌아와 구렁이만큼 불어버린 칼국수를 한 입 먹고 나서야 끝이 났는데, 형사팀에 의해 신고자의 신변이 확인되었다는 연락을 받았거든. 신고자는 남자친구와 술을 마신 뒤 싸워서 신고한 거래. 내가 헤매고 돌아다니던 논밭과는 한참 떨어진 집에서 안전한 게 확인됐어. 나와 함께 밭을 헤매던 선배님은 연락을 받은 뒤, 저거 인간 되겠냐고 목소리를 높이셨지.

솔직히 나도 같은 마음이야, 언니. 어린 나이에 나쁜 것만 배우고 다니는데 제대로 된 인간이 되겠어? 그런데, 그래도, 인간이 안 돼도 괜찮으니까, 그런 식으로 죽지는 마라. 너에게 주어진 목숨 오래오래 술주정하면서 잘 유지해라. 주어진 명만큼 건강하게 살다 가라. 앞으로 허위 신고는 안 하면 좋겠고, 악의적으로 허위 신고를 지속할 경우 형사처벌도 할 거지만, 네가 언제 어디서 신고를 해도 나는 또다시 너를 발 벗고 찾아 나설 거다. 그러니까 부디 잘 살아라. 이를 꽉 물며 되뇌었지. 그리고 한 가지 바라는 게 있다면, 지금보다는 조금 더 나은 모습으로 살길 바라면서.

언니, 불어터진 칼국수는 정말 맛이 없었어.

그런데, 그래도,

인간이 안 돼도 괜찮으니까,

그런 식으로 죽지는 마라.

게이를 봤어요

언니, 나는 경찰관으로 일하면서 굉장히 자주 놀라게 됐는데 그 이유 중 하나는 사람들이 별의별 일로 신고를 한다는 거야. 나는 살면서 112에 신고를 해본 적이 없어서 대부분의 사람이 나와 같다고 생각했거든. 물론 경찰의 도움이 꼭 필요한 상황일 때 신고하는 걸 이상하게 여기는 게 아니라, '정말 이런 걸 왜 신고하지?' 싶은 일을 이야기하는 거야.

전봇대에 앉아있는 새가 너무 큰데 홍학인지 뭔

지 모르겠으니 확인을 해달라거나, 다짜고짜 차가 너무 밀린다거나, 보일러가 고장 나서 추워죽겠다든가, 자주 가는 술집이 문을 안 열었는데 사장을 좀 불러달라든지. 그런 이상한 신고 중에서도 특히 기억에 남는 게 있어서 언니한테 한번 이야기해보려고 해. 바로 게이를 봤다는 신고야. 남자 두 명이 키스를 하고 있다고, 게이가 있다고.

신고 내용이 그거야. 게이를 봤대. 그래서 어쩌라는 거지? 신고를 접수하고 전파하는 역할인 112지령실에서 이런 황당한 신고나 경찰력이 필요없는 단순 민원 전화는 지령실 차원에서 마감해줘야 하는데, 112지령실 직원의 태도가 크게 문제 됐던 오원춘 살인사건 이후로 지령실에서는 몹시 몸을 사려. 무조건 신고를 접수하고 파출소에 지령을 내리게끔 분위기가 바뀌었어. 어떻게 보면 자신들에게 1그램의 책임도 돌아오지 않도록 최대한 면피하는 거지. 나는 신고를 받고 정당하게 접수했다, 출동하건 안 하건 그건 지역 경찰이 알아서 하는 일이니 나에겐 책임이 없다는 시나리오. 어쨌거나 게이를 봤다는 신고가 파출소로 내려왔으니 출동을 해야만 했어.

어느 초등학교 운동장이었는데 가보니까 정말 남자 두 명이 있더라. 우리가 가니까 무척 놀라더라고. 그렇겠지. 갑자기 경찰관이 와서 무슨 일이냐고 물으니까 누구든 당황하겠지. 난 무슨 말을 해야 할지 몰라 망설이고만 있는데 같이 출동한 선배가, 늦은 시간인데 운동장에 남자끼리 있으니 지나가던 주민분이 놀라서 신고하셨다, 요즘 학교 운동장에서 나쁜 짓을 저지르거나 불안감을 조성하는 불량아가 많아서 그런 거니 이해하시고, 괜찮으시면 자리를 좀 옮겨달라고 하더라. 선배가 괜히 선배가 아닌, 현장 경험이 묻어나는 재치있는 말이었어. 그분들은 정말 죄송하다면서 거기까진 생각하지 못했다는 예의 바른 말을 남기고 어디론가 떠났지.

하지만 언니, 떠나야 할 사람은 그 사람들이 아니었어. 정말로.

자주 가는 술집이
문을 안 열었는데
사장을 좀 불러달라든지.
그런 이상한 신고.

말로

언니, 여기 하나의 이야기가 있어. 이야기가 있으면 당연히 거기에 등장하는 주인공도 있지. 그리고 대부분의 사람이 기억하지 못할 만큼 적은 비중을 차지하는 다른 인물도 있고.

현장도 마찬가지야. 경찰이 주목하는 사람, 즉 주인공이 있으면 늘 주목받지 못하는 자리에 또 다른 인물이 있어. 이번엔 여기에 주목해볼까 해. 존재하되 주목받지 못하고 서서히 방치되어가는 인물, 모두가

차츰차츰 잊어가는 인물, 바로 가정폭력 현장에 남겨진 아이들이야.

가정폭력 현장에 가면 정말 상상할 수 없는 장면들을 목도해. 물건을 부수거나 가족을 폭행하는 것 말고도 온 집안에 물을 뿌려놓는다거나, 옷장에 있는 옷을 전부 꺼내 칼로 갈가리 찢어버린다거나, 죽여 버리겠다고 목을 잡고서 창가로 끌고 간 뒤 매달아놓거나. 심지어는 뜨거운 물을 부어버리겠다고 냄비에 물을 끓이고 있는 것도 봤어. 떨고 있는 가족들의 모습마냥 덜덜 끓고 있는 냄비가 어찌나 공포스럽게 보였는지 언니는 짐작도 못할 거야.

그런 아수라장에 출동한 경찰들은 대부분 부모에게 집중해. 대부분의 행위를 부모가 하기 때문에 그들을 분리해 진정시킨 뒤 사정을 들어보고 사건을 처리해야 하니까. 이 지옥에서조차 소외되는 존재가 바로 아이들이야. 가정폭력 현장에서의 아이들, 중학생이 되기 전의 아이들이 어떤 눈동자를 하고 있는지 언니는 본 적이 있어? 그 아이들은 아직 자신의 눈동자에 머물러 있는 현실의 무게를 감당할 힘이 없어. 무섭다고 소리쳐야 할지, 부모를 향해 화를 내야 할지 아무것도 몰라. 그 아이들은 출동한 경찰관을 쳐다보며 눈물만 뚝뚝 흘려. 언니, 그때에 나는 어떻게 해야 할까? 내가, 도대체 어떻게 도와줄 수 있을까. 힘없는 경찰관 한 명이 어디서부터 어떻게. 미안하다는 말 말고 달리 무슨 말을 할 수 있을까? 나를 비롯한 이 공간의 모든 것이 너희에게 미안해하지만 정작 너희 부모는 미안함을 모른다는 현실을 내가 어떻게 설명해줄 수 있을까. 제대로 씻지도 못해 머리에 이가 생긴 채로 집 구석에 사물처럼 놓인 아이들을 보면서 나는 하늘이 쪼개지는 기분을 느껴.

친언니가 맥주병으로 동생의 머리를 찍으려고 한다는 신고를 받고 긴급히 출동한 적이 있었지. 그들의 엄마는 회사에 출근한 상태여서 당장 집에 갈 수 없으니 경찰관이 먼저 집에 도착해서 확인을 해달라고 했어. 나는 도착한 집에서 악에 받쳐있는 중학생 자매를 봤지. 자매 중 언니이자 동생에 의해 폭행 가해자로 지목된 아이는 같은 여자인 나에게 동질감을 느꼈던 걸까, 나라면 자신의 이야기를 들어줄 거라고 생각했던 걸까, 이유는 알 수 없지만 타이르던 나의 말에 조금씩 진정하더니 이내 충격적인 말을 건넸어.

부모의 사이가 좋지 않아 매일 폭행과 욕설이 오가는 싸움을 하는데 그 불똥이 매번 자신에게만 튄대. 동생조차도 자신의 말을 무시하고, 아빠는 술에 취하면 멱살을 잡고 베란다로 끌고 간 다음 말을 듣지 않으면 죽여 버릴 거라며 창가 쪽으로 머리를 처박게 만든다더라. 하지만 아이의 진술이 무색하게 집안에 있던 할머니는 애들끼리 싸운 일에 경찰이 왜 나서냐면서 호통을 치고 우리를 쫓아내려고 했어.

부모와 얘기를 해봐야겠다 싶은 마음에 아이들의 엄마에게 전화했지만 그분은 오히려 경찰 말은 잘 들을 수 있다면서 자신의 딸을 따끔하게 혼내달라고 하더군. 언니, 나는 그 말을 듣고는 그만 정신이 아득해졌어. 겨우 이성을 붙잡고 그분에게 큰 딸의 마음이나 고민을 한 번이라도 제대로 들어준 적이 있냐고 되물었지. 그 엄마는 그런 애의 말은 전혀 들을 필요가 없다면서 전화를 끊어버리더라. 아이들의 아빠와는 전화 연결조차 되지 않았어. 이 전화만큼 부모 자식 간의 관계도 쉽게 끊을 수 있는 거라면 그 아이는 덜 아파할 수 있을까? 하지만 그 아이가 설령 부모와 절연한다고 한들 성인이 될 때까지, 성인이 되고 나서도 사회에서 어느 정도 자리를 잡을 때까지 보호하고 지원해줄 제대로 된 시설을 찾는 건 무척 어려운 것이 현실이야. 때로 현실이란 말만큼 잔인한 말이 없어.

엄마를 폭행하는 아빠에게 달려들어 같이 싸우다 손바닥이 찢어진 아들의 눈동자를 기억해. 아빠가 화가 난다는 이유로 옷장에 있는 옷을 다 찢어버려서 속옷 차림으로 경찰관을 맞이할 수밖에 없던 초등학생 딸의 눈동자를 기억해. 알코올의존증인 아빠가 술병을 깨트려서 마룻바닥에 깔린 유리 조각에 찔릴까 봐 방에서 나오지도 못하고 오돌오돌 떨고 있던 남자아이의 눈동자를 기억해.

이 아이들을 어떻게 도와줄 수 있을까. 가족이

라는 울타리가 부서져버린 그들에게 새롭게 시작할 토양을 내어줄 수 있을까. 너무도 많은 세상을 목격한 이 아이들이 올바른 눈으로 또 다른 세상을 마주할 수 있을까. 이렇게 자라는 아이들이 곧 나라의 미래가 될 텐데, 아무것도 해주지 못하는 죄 많은 어른들이 그들에게 나라의 미래를 짊어지라는 임무를 부여할 자격이 있는 걸까, 언니.

법은 문지방을 넘을 수 없다는 말로, '그래도 가족이잖아' 따위의 말로, 가정 안에서 일어난 명백한 범죄 상황을 간단히 정리하는 게 더 이상 허용돼선 안 돼. 우리는 그런 말을 그만두고 가정폭력 피해자, 특히 아이들이 받을 상처를 해결해주어야만 해. 그것이 아이들의 의사는 묻지 않고 덥썩 미래를 맡겨버린 어른들이 해야 할 책임이니까.

목숨 대금

언니, 그날은 아주 긴박한 날이었어. 전 남자친구의 집에서 한 여성이 감금을 당하고 있다는 신고가 들어왔거든. 우리는 황급히 출동했지만 오피스텔 건물 입구 비밀번호를 몰라서 할 수 있는 일이 고작 관리실 벨을 계속해서 누르는 것뿐이었어. 사이렌을 울려 주민들을 깨운 뒤 도움을 요청할 수도 있었지. 하지만 남 일에 무감각한 현대인은 생사의 갈림길에 서 있는 남보다 자신의 밤잠을 더 중요하게 생각하니까 경찰이 시끄럽게 한다며 도리어 신고를 한다든지 민원을 제기할 게 뻔했어. 실제로 그런 일이 몇 번 있었거든. 무엇보다 사이렌 소리를 들은 가해자가 돌발행동을 할지도 몰랐기 때문에 그럴 수도 없었고.

그렇다면 입구에 설치된 문을 부수는 방법이 남았는데 이것도 어려워. 법에는 경찰의 긴급출동권이 명시되어 있고 요건 내에 타당한 물리력 행사로 제삼자의 재물, 그러니까 문 같은 것을 손괴할 경우 국가가 대신 배상해주는 법도 있지만 긴박하게 돌아가는 현장에서 그런 제도를 떠올린 뒤 요건에 부합하도록 기계처럼 움직이는 것은 너무도 어려우니까. 이러지도 저러지도 못하는 사이 시간만 흐르고 초조해질 무렵 관리인이 눈을 비비면서 나오더라. 관리인은 우리를 쏘아보더니 무슨 일이냐며 짜증을 냈고 우리는 그런 말에 대꾸할 여유가 없으니까 서둘러 3층으로 올라갔지. 관리인의 외침이 계단을 타고 3층까지 우리를 쫓아왔어.

현장에 도착했을 때 다행히 피해자는 집 밖으로

나와 있었고, 가해자인 남성은 어떻게든 피해자를 집 안으로 들어오게 하려고 실랑이를 벌이고 있더라고. 황급히 그 둘을 떼어놓은 뒤 가해자의 인적사항을 파악하고 피해자에게 신고 경위를 듣는데 옆에 있던 남자 경찰관이 피해자에게 기어코 이 말을 하고 말았어. 그러게, 헤어져 놓고 집에는 뭐 하러 찾아왔냐는 그 말을. 모든 것을 피해자에게 전가하는 무례한 말. 언니, 나는 나와 같이 경찰에 몸담은 사람이 피해자에게 이런 말을 하는 걸 듣고 볼 때마다 어떻게 해야 할지 모르겠어.

인적사항을 확인하던 중 가해자가 벌금 500만 원을 내지 않아 수배 상태인 것이 확인됐어. 우린 그를 파출소로 연행해왔지. 물론 피해자는 무사히 집에 데려다준 뒤에. 가해자는 벌금 따위 내면 될 것 아니냐면서 적반하장으로 소리치더라. 그러더니 자신의 엄마에게 전화를 걸어 빨리 돈 가지고 오라면서 윽박지르더라고.

한 30분쯤 지났나? 가해자의 엄마가 현금 뭉치

를 들고 파출소로 왔어. 그러더니 대뜸 우리에게 벌금 좀 있을 수 있지, 내면 될 것 아니냐, 이깟 푼돈으로 자기 아들을 범죄자 취급하는 거냐며 가해자의 엄마도 우리에게 소리를 지르기 시작하더라. 범죄자 취급이 아니라 범죄자가 맞는데 어떡하란 소리야. 이런 말은 한 귀로 듣고 흘려줘야 하지만 애초에 나는 한 귀로 듣고 흘리기 따위를 할 수 없어. 나가는 귀가 따로 있는 것도 아니고 듣는 귀가 두 개 달려 있으니 도통 흘려보낼 수 없다고. 그 사람의 말 한마디 한마디에 가슴 깊은 곳부터 분노가 끓어오르는 걸 애써 꾹꾹 눌러 담느라 진땀 뺐다니까.

받은 돈이 500만 원이 맞는지 세어보려니까 또 시비를 걸더라. 자기를 못 믿는 거냐며. 사실 이 사건은 검찰청 벌금 수배라서 우리에게 돈을 내는 게 아니라 검찰청에 가서 직접 내야 했는데 계좌이체를 할 줄 모른대서 우리가 대신 전해주기로 한 거야. 그런 우리 수고는 온데간데없이 아들은 엄마 옆에 착 붙어서 "엄마, 내가 그랬지, 저것들 우리 편 아니야. 민중의 지팡이들이 저러고 있다니까."라면서 거들지 않나. 진짜 마음 같아선 한 마디 하고 싶었지만 또 참았어. 언니, 혹시 내가 나중에 언니보다 먼저 죽으면 내 몸을 꼭 확인해봐. 화장하면 사리가 18개 정도는 거뜬히 나올 테니까.

그렇게 인고의 시간이 지날 무렵 주임님 한 분이 물어봤어. 이 돈은 어디서 난 거냐고, 방금 인출해온 거냐고. 야심한 새벽에 5만 원짜리 다발로 된 500만 원의 출처가 퍽 궁금했나 봐. 그런데 그 사람이 뭐라고 한 줄 알아? 며칠 전 죽은 남편의 부조금이라고 했어. 그 자리에 있던 우리 모두는 순간 얼어버렸지. 그래, 그 돈은 목숨값이었던 거야.

문제의 모자(母子)가 떠나고 나서 파출소에 남은 직원들끼리는 어떻게 그럴 수 있냐며 입을 모았어. 정말 어떻게 그럴 수가 있을까. 아빠가 돌아가신 지 며칠 되지 않았는데 그 짓거리를 하고 돌아다녔다는 건지. 그것도 모자라 아빠가 죽어서 받은 돈으로 자신의 벌금을 납부했다니. 그리고 파출소에서 그 난동을 부렸다니. 사실 우리가 신고 현장에 갔을 때 그 남자는 팬티만 입고 있었어. 피해자를 가둬놓고 무슨 짓거리를 하려고 했는지 안 봐도 뻔하지.

정말 인간이 싫어진다, 언니. 싫다 못해 질려버렸어. 하지만 나도 인간이잖아. 인간으로 태어난 주제에 인간을 헐뜯고 비난해봐야 가소로운 짓 아닐까. 그냥 언니와 웃으면서 타코와사비에 사케나 한잔하고 싶어. 아니면 육회에 매화수도 좋고, 산낙지탕탕이에 맥주 한 잔도 좋아. 그러면 사막처럼 말라버린 내 머릿속이 조금이나마 노곤해질 것 같은데.

문득 진짜 웃기다는 생각이 들었어. 인간한테 질려버렸다 해놓고 언니가 보고 싶다는 글을 적고 있는 게 말이야. 결국 나도 인간 속에 살 수밖에 없는 인간일 뿐인가 봐. 하루에도 무수히 많은 사람을 보지만 정작 내가 보고 싶은 사람은 한 명도 만나지 못하는 나날이 계속 길어져.

내가 우는 것도 웃는 것도 슬퍼하는 것도 좌절하는 것도 결국 모두 다 인간 때문이야. 누구보다 인간을 미워하면서도 인간에게 인정받고 싶고 사랑받고 싶어서 발버둥 치고 있어. 아직 어려서 그런가? 나이가 조금 더 들어서 연륜이 생기고 중심이 잡히면 자신에게 조금 더 집중할 수 있을까? 내 등을 겨냥한 소리엔 크게 관심 두지 않고 선선한 바람의 향기를 맡으며 사랑하는 사람과 프라하에서 보냈던 어느 밤을 조용히 떠올려볼 수 있을까. 나보다 하루라도 더 많은 시간을 넘어온 언니는 지금 그렇게 지내고 있어?

내가 우는 것도 웃는 것도
슬퍼하는 것도 좌절하는 것도
결국 모두 다 인간 때문이야.

단골
손님

언니, 파출소에서 일을 하다 보면 파출소에도 단골손님이 있다는 걸 알게 돼. 단골손님에는 두 부류가 있는데 범죄를 자주 저질러서 연행된 사람과 자진해서 찾아오는 사람이야. 이번에는 이 사람들에 대한 이야기를 해볼까 해.

일단 전자의 경우, 그러니까 범죄를 자주 저질러서 연행된 사람 중에 가장 기억에 남는 사람은 감정사라는 아주 변변한 직업을 가진 아저씨야. 감정사가 정확히 무슨 일을 하는지는 잘 모르지만 듣기로는 돈을 굉장히 많이 번대. 이 아저씨도 억대 연봉자라고 했어. 그런데 무슨 한이 맺혔는지 그 억대 연봉으로 술만 퍼마시고 다니는 거야. 제대로 된 집도 없이 허름한 가게 2층에 월세방을 얻어서 혼자 살고 있어. 가족들은 주정뱅이 아저씨에게 질려서 떠난 지 오래되었거든.

이 아저씨는 돈도 많으면서 무전취식으로 신고당하거나, 가끔은 난동을 부려 행패 소란으로 신고당해. 그런데 파출소로 연행되면 아저씨가 뭐라고 하는지 알아? 술주정을 영어로 한다니까. 만화에서나 나올 법한 행동을 난 이 아저씨 덕분에 실제로 보게 되었어. 감정사 아저씨의 옷차림은 항상 같아. 카우보이 같은 큰 모자에, 정말 카우보이나 신을 것 같은 술이 잔뜩 달린 부츠를 신어. 술이 달린 부츠를 신고 술을 퍼마셔. 그냥 마시는 게 아니라 말 그대로 퍼마시는 수준이야.

궁금해서 인터넷으로 찾아봤더니 2017년 기

준 한 해 소비된 소주가 약 36억 병이고, 이걸 환산하면 성인 1인당 1년에 소주를 70병씩 먹는 셈이래. 나는 1년에 소주를 20병도 안 마시거든? 그러면 누가 나 대신 나의 남은 몫인 50병에 자기 몫까지 더해서 1년에 소주만 120병을 먹는다는 이야기인데, 내 몫의 소주는 이 감정사 아저씨가 다 마시는 것 같아. 성인 10명의 몫을 아저씨 혼자 너끈히 해내고 있는지도 모르지. 저렇게 술만 마시고, 제대로 된 식사나 운동도 하지 않은 상태에서도 별 탈 없이 살아간다는 게 정말 신기해. 언니, 생각보다 목숨이란 건 고무줄처럼 질긴 건지도 몰라.

이 아저씨 말고도 다른 주정뱅이 아저씨가 있는데 그 아저씨는 정말 소주를 물처럼 마셔. 보통 사람들이 목이 말라 생수 한 병 사 먹는 거와 똑같다고 보면 돼. 이 아저씨는 아내와 같이 술에 찌들어 사는데 매번 큰 소리로 다퉈서 이웃들이 가정폭력으로 신고를 많이 하거든? 천장이 굉장히 낮고 방이라고 부르기도 힘겨운, 그림자 하나 겨우 숨길만 한 공간뿐인 그 집에 늘어나는 건 술병뿐이야. 하루 최소 7병씩은 마시더라고. 난 물도 7잔을 못 마시는데.

이 아저씨는 술에 절여진 탓인지 뭐가 뭔지 구별을 잘 못해. 쉽게 말해서 그냥 제정신이 아니야. 컵라면 작은 걸 하나 끓여놓고 그걸 안주 삼아 소주 5병은 너끈히 마시는데, 다 피운 담배를 컵라면 안에 넣어. 재떨이인 줄 알고. 그런데 또 제정신이 아니니까 담배꽁초가 4개쯤 빠진 그 컵라면 국물을 맛있게 마셔. 그런데도 몸 아픈 데 없이 잘 살고 있어.

이 사람들은 무엇을 위해 사는 걸까? 한 해 성인의 소주 소비량 통계치를 늘리기 위해 사는 건 아닐 텐데.

그런가 하면 아무 이유 없이 파출소에 자주 찾아오는 구 씨 아저씨가 있는데, 이 아저씨도 참 이해하기 힘든 사람이야. 아저씨는 일단 관공서를 돌아다녀. 서울의 따릉이처럼 우리 지역에도 공공자전거 대여 시스템이 있거든. 그걸 타고 주민센터나 구청 민원실을 누비고 다니며 거기에 비치된 잡지나 책들을 훔

쳐. 몰래 가져가는 것도 아니고 그냥 대놓고 가져가는데 직원들이 보고도 아무 말 안 하나 봐. 그렇게 훔친 것을 파출소에 가져와 직원들한테 나눠준다니까. 나는 여자라고 특별히 두툼한 화장품 잡지를 주더라고. 이러지 말라고 몇 번이나 말려도 말을 안 들어. 그리고 구 씨 아저씨는 늘 1.5리터 페트병 두세 개를 들고 다니는데 파출소 정수기에서 물을 받아 꽉 채워가. 물만 마시고 사는 건지 빼빼 말라 뼈밖에 없어. 구 씨 아저씨에게 악의는 없어 보이는데 왜 이런 행동을 하는지 모르겠어.

마지막으로 소개할 사람은 여자 단골손님인데, 이 사람은 항상 새벽 3시쯤에 찾아와. 지적장애 판정을 받은 여자인데 서울 말씨를 써. 자기 말로는 이화여대를 졸업했대. 그런데 나는 의문스러운 점이 있어. 그건 바로 이 여자가 파출소에 찾아와서 매번 똑같이 반복하는 말이야. 자신이 대학 시절 서울의 ○○동에 있는 만화방 안에서 성폭행을 당했대. 하도 같은 시간에 찾아와서 똑같은 말만 되풀이하니까 대부분은 단순히 이상한 여자의 말이구나, 하고 넘기지만 나에게는 이 말이 꼭 사실처럼 들려.

열심히 공부해서 명문대에 입학해 파릇파릇한 꿈을 키워나가던 시절 성폭행을 당해 미쳐버린 건 아닐까, 그런 추측이 자꾸 든단 말이야. 언니는 어떤 것 같아? 지금 지적장애를 갖고 있다고, 미친 사람처럼 보인다고 그 사람이 하는 말이 모두 거짓일까? 어디까지 믿어야 하고 어디까지 불신해야 하는 걸까? 난 정말 모르겠어.

자신의 대학 동기들이 현재 얼마나 잘나가는지 자랑하면서 자기도 곧 서울로 다시 올라갈 거라는 묻지도 않은 말을 한참 떠들다 돌아가는 그 뒷모습이 퍽 쓸쓸해 보여. 저렇게 미친 사람처럼 지내면서 과거에 있었던 뼈아픈 상처를 애써 잊어보려는 건 아닐까 하는, 그런 발버둥으로만 보여서.

당신이라는 존재

언니. 언니, 언니.

미안, 글을 쓰면서 갑자기 슬픔에 젖어 들어서 그냥 멍하니 언니를 한번 불러봤어. 언니와 함께하진 못하지만 언니의 이름을 부르는 것만으로도 외로움이 잔잔해질 때가 있어. 부끄러워서, 슬퍼서, 내 아픔까지 짊어지게 하고 싶진 않아서 언니에게 차마 말로는 못 하지만 나 혼자서 부치지 못할 편지를 쓸 때가 있어. 그러면 마음이 조금이나마 가라앉아서 베개를 적시지 않아도 잠자리에 들 수 있더라. 이 글은 나처럼, 어쩌면 나보다 더 사무치게 그리운 누군가가 있지만 차마 목 놓아 부르진 못해 속으로만 자꾸 외치는 사람들, 그 사람들에 대한 이야기야. 결혼이주여성, 쉽게 말해 국제결혼으로 한국에 온 여성들에 대한 이야기.

친하게 지내는 경찰 선배 중에 외사특채, 그중에서도 베트남어 특채인 언니가 있어. 그 언니는 종종 다문화센터에 가서 이주여성들과 이야기를 나누는데 한 번은 언니에게 물어봤지. 결혼이주여성이 가장 힘들어하는 게 무엇이냐고. 보통 우리는 말이 통하지 않는다거나 혼자 타국에 와서 사느라 외롭겠다거나 그런 이유를 떠올리잖아. 하지만 현실을 아는 언니가 해주는 답변은 좀 달랐어. 여러 이야기를 해줬지만 결론은 남편의 무관심, 그게 그들을 가장 힘들게 하는 거라고. 그 후 파출소에서 다문화가정과 관련된 신고를 처리해보고 나서 언니의 말이 진정으로 뜻하는 바를 알았어. 결혼이주여성을 힘들게 하는 가장 큰 문제는 남편의 무관심이지만 남편이 자신의 아내에게 무관심한 태도로 일관하는 근본적인 원인은 아내를 사람으로 대하지 않아서 그런 거라는, 자신이 돈 주고 사온 것에 불과한 물건 정도로 생각하는 거라는 잔인한 이유를.

다문화가정 내의 가정폭력은 신고가 잘 안 들어와. 가해자의 99%는 한국 남성이고 피해자의 99%는 결혼이주여성이기 때문에 애초에 신고하는 것 자체가 거의 불가능한 일이니까. 내가 다문화가정의 많은 면을 봤다고는 할 수 없지만 이때까지 본 것만으로도 비참한 기분을 느끼기엔 충분했어.

한번은, 파출소에 남자와 그 남자의 엄마가 찾아온 거야. 자신의 아내가 사라졌으니 실종 신고를 해달라고. 실종 신고를 한 뒤 요건에 부합하면 112지령실에서 휴대폰 위치추적을 할 수 있거든. 그 사실을 알고 왔더라고. 하지만 사실관계를 확인해보니 아내는 자신보다 스무 살 가까이 어린 베트남 여성이었고, 사라진 게 아니라 가정폭력을 견디다 못해 다문화가정 관련 단체에서 제공해주는 임시 숙소에 머무르는 상태였지. 사실을 알고 난 뒤 우리가 실종 신고를 받아주지 않으니까 남편이라는 작자는 목에 핏대를 세우며 소리치기 시작했어. 세상에 그런 여자가 어디 있느냐, 내가 친정(베트남)에 보내준 돈이 얼마인데 돈만 받고 도망가려 하느냐, 급기야 내 앞에서 자신들이 부부관계를 얼마나 소원하게 가졌는지까지 말하더라. 섹스할 때 자신의 아내가 늘 옷을 벗지 않으려 하고 눈물만 흘려서 그 문제로 많이 다퉜다고. 말이 다툰 거지 그 남자의 일방적인 분노 표출에 가까웠을 거야. 부부싸움보다 강간이란 말이 더 적합한 상황이었을 거고.

또 얼마 전에는 정말 가슴이 찢어지는 것처럼 슬펐던 일이 일어났는데, 가정폭력 신고가 들어와서 출동했더니 베트남 여성과 그 여성의 아빠뻘로 보이는 한국 남자가 사는 집이었어. 여자는 이미 갈라서기로 결심하고 짐까지 다 싸놓은 상태였지. 남편도 입으로는 이혼하자고 여기서 당장 떠나라고 소리치더니,

아내가 진짜 가려고 하니까 자신이 사준 휴대폰을 내놓고 가라며 못 가게 막는 거야. 여자의 패딩 주머니가 찢어질 정도로 붙잡고 늘어지는 그 꼴이 어찌나 추하게 보이던지. "내 명의로 되어 있으니 내 물건인데 네가 왜 가져가!"라며 소리치고 여자가 애써 싸놓은 짐가방을 다 풀어헤치기까지.

사실 경찰관인 내 입장에선 특별할 것 없는 싸움의 현장이었는데 내가 왜 안타까웠냐면 여자분이 한국말을 아예 못 하시더라고. 짐가방 안에 한국어 교재가 반듯하게 들어 있었는데도. 결혼한 지 1년이 다 되어간다는데 어떻게 한국말을 전혀 모를 수 있을까? 난 남자의 태도를 보고 답을 알 수 있었어.

그 남자는 자신의 아내를 사람으로 대하지 않았던 거야. 남자는 우리에게 말했어. 자신은 중간업체를 거치지 않고 직접 베트남으로 가서 여자를 사 왔다고. 업체는 수수료만 많이 떼어간다는 둥 자신의 국제결혼 노하우를 자랑하듯 늘어놓는 걸 봐서는 국제결혼이 이번이 처음이 아닌 것 같았어. 이쯤 되니 국제결혼인지 인신매매인지 구별이 안되더라.

언니, 그 남자가 자신의 아내를 정말 아내로, 한 명의 사람으로 대했다면 한국말부터 배우도록 돕지 않았을까? 한국에서 살게 됐으면 말을 할 줄 알아야 아프면 병원에 가고, 배가 고프면 식당에 가고, 급하면 택시도 타고 할 거 아니야. 사랑하는 사람이 평생 캄캄하게 글자 하나 읽지 못하도록 살게 내버려 두는 사람이 어디 있어? 그건 어느 형태로 봐서도 사랑이 아닌데. 결코 사랑이 될 수 없는데.

여자는 한국말을 모르는데 남자는 계속해서 한국말로 휴대폰이랑 지갑 다 두고 가라며 소리를 질러. 말을 못 알아듣는 여자는 겁에 질려 내 등 뒤에 숨더라. 나는 전담부서에 지원 요청을 한 뒤 여자분을 데리고 집 밖으로 나와버렸어. 그러더니 그 여자분은 울먹거리면서 나에게 제대로 할 줄도 모르는 한국말을 더듬더듬거리며 "나… 노력했어… 남편….”이라고 하시더라. 내가 올해 들은 말 중에 가장 슬픈 세 단어였어.

결국 우리 둘은 서로에게 낯선 영어로 짧은 대화를 나눴어. 베트남에서는 어디서 살았는지, 이 집에서 나가면 당장 갈 곳은 있는지, 그런 대화들. 정말 웃기지. 난 몇 달 전 뉴욕 여행에서 음식 하나 주문하지 못했을 만큼 영어에 서툰데, 한국에서 1년 가까이 산 그분과 한국말로 대화하는 것보다 영어로 대화하는 게 더 잘 통한다는 것이. 마음이란 것에 형태가 있다면 누군가 그 마음을 사포로 박박 문지르는 것처럼 가슴이 쓰라렸어.

얼마 전 결혼이주여성이 한국 남편에게 맞아서 사망했다는 뉴스를 보며 나는 내가 그동안 만났던 결혼이주여성들을 떠올릴 수밖에 없었어. 그들 중 상당수가 지금 당장 남편에게 맞아 죽어도 뉴스에 나온 그분처럼 주위 사람들이 한 달 가까이 모를 수도 있다는 추측까지. 옆집에 사는 사람조차도, 심지어 고국에서 딸을 그리워하는 가족들까지도.

대한민국 곳곳에선 이렇게 추악한 일이 아직도, 갈수록 더 많이 벌어지고 있어. 언니, 어느 지역에서는 국제결혼을 빙자한 매매혼을 할 때 지자체에서 보조금도 지원해주더라. 정말 믿고 싶지 않은 현실이야.

있잖아, 언니. 한 가지 분명한 건 고향이 베트남 어디냐는 나의 질문에 잠시나마 눈물을 거두고 활짝 웃으며 대답하던 그분은, 남편 손에서 떠날 수 있도록 택시를 잡아준 나에게 고맙다며 손을 잡아주던 그분은, 한 명의 인간이었고 눈부신 여자였어. 돈에 이리저리 팔리고 쓸모가 없어지면 납작하게 밟아버리는 물건 따위가 아니라.

천 원짜리 인생

직업에 귀천이 없다는 말을 언니는 믿어? 노동 자체에 귀하고 천함은 없디지만 그 노동을 바라보는 사회의 시선은 냉혹하리만큼 철저하게 귀천을 나눈다는 걸 언니도 잘 알거야. 내가 경찰관으로 일하면서 만나게 되는 대다수는 사회에서 잣대를 들이댈 때 '귀한 직업'이라는 얘기는 듣지 못하는데, 그중에서도 가장 많이 마주치게 되는 직군에 대해 이야기해볼까 해.

자정이 가까워지는 시각에 파출소 주차장으로

택시가 들어오면 경찰관들은 나갈 준비를 해. 열에 아홉은 손님과 택시 기사님 사이에 시비가 있어서 온 경우거든. 손님이 술에 취해 일어나지 않는다, 택시 안에 토를 했다, 돈을 안 준다 같은 이유로 파출소를 찾아오는데 이런 신고를 처리하다보면 가끔은 만취한 손님보다 택시 기사님과 얼굴을 붉히게 되는 경우가 더 많아. 기사님이 도움을 주러 온 경찰관에게 비협조적인 경우가 의외로 많거든.

몇 달 전 일이야. 파출소 민원인 주차장에 택시 한 대가 들어왔어. 우리는 직감적으로 또 기사님과 손님이 시비가 생긴 상황임을 알아챘지. 기사님은 다짜고짜 화를 내면서 당장 저 인간을 택시에서 내려주고 요금도 받아달라며 우리를 향해 목청을 높이더라. 사실 손님과의 요금은 민사적인 문제인데 경찰은 민사관계엔 개입할 수 없어. 형법상 다룰 수 있는 범죄, 즉 형사 관계에만 개입하거든. 만약 이 사람이 처음부터 요금을 지급하지 않을 생각으로 기사님을 속인 뒤 택시에 탔다면 사기죄로 처리하면 되고, 기망행위가 없었지만 요금 지불을 하지 않겠다고 우길 경우엔 무임승차로 통고처분을 하면 돼. 경찰이 할 수 있는 일은 이게 끝이야. 법적 한계선이 명확한 상황이지만, 대부분의 기사님은 이러한 법적 한계를 납득하지 못해. 경찰관이 '떼인 돈 받아드립니다'와 같은 업체도 아닌데 흔히들 그렇게 생각하나 봐.

화를 주체하지 못해 방방 뛰어다니기 시작한 기사님에게 우리는 위와 같은 절차를 설명했고, 손님도 카드를 챙긴 줄 알았는데 찾아보니 없다면서 계좌번호를 불러주면 가족에게 연락해 지금 바로 돈을 부치도록 하겠다고 했어. 이렇게 상황은 정리된 거지. 이 상황을 범죄로, 경찰력을 투입할 만한 사건으로 취급할 수는 없거든. 그러나 기사님은 경찰관을 향해 삿대질을 하면서 왜 돈을 안 받아주냐, 너네가 하는 일이 뭐냐, 직무유기로 고소할 테니 담당자 이름을 불러달라며 막무가내로 나오더라. 참 어려운 상황이지. 문득 교통사고를 처리하는 교통조사팀에서 일하는 선배가 해준 말이 생각났어. 어떤 점이 제일 힘드냐는 나의 물음에 "술 취한 사람보다 술에 안 취한 상태로 행패부리는 사람을 상대하는 게 더 힘들다."라던 선배의 대답. 맨정신으로 경찰관을 향해 폭언을 지속하는 택시 기사님에게 우리는 어떻게 대응할 수 있을까? 그 욕을 다 받아주기엔 밤이 너무 길더라.

손님이 술에 취해 목적지를 말하지 않는다며 파출소에 찾아온 기사님도 있었어. 우리가 뒷좌석 문을 열고 보니 손님이 만취 상태는 아니더라고. 흔들어 깨우니 금방 일어나서는 정상적인 의사소통도 되기에 기사님께 "아무 이상 없는데 깨우려고 노력은 해보셨나요?"라고 물었더니, 담배를 피며 말없이 우리를 지켜보던 기사님은 '쳇'하는 표정으로 손님에게 와서는 요금을 달라고 하더라. 손님이 잠깐 잠들었다 싶으니까 무조건 파출소로 달려와서 자신은 손 하나 까딱하지 않고 경찰에게 일을 맡기고, 그 사이 오르는 요금은 요금대로 다 받을 속셈이었던 거야. 언니, 나도 감정이 있는 사람인지라 이런 장면이 하나하나 쌓일수록 택시 기사라는 직업 전체에 선입견이라는 울타리를 쌓게 되더라.

하지만 이 울타리는 철옹성이 되지 못하고 이내 무너졌어. 기사님이 피해자인 상황도 많았으니까. 비틀비틀하며 파출소에 들어온 손님이 함께 들어온 기사님을 향해 다짜고짜 욕을 퍼붓는 거야. 이야기를 들어보니 기사님이 ○○대교를 통해 목적지에 갈지, 국도로 갈지 손님에게 물어봤대. 만취한 손님은 그 질문 하나에 머리끝까지 분노하여 무작정 파출소에 가자고 소리쳤다더라. "이 새끼가 먼 도로로 우회해서 요금 더 받으려고 수작부리는 거야!"라며 술냄새와 함께 욕설을 풀풀 풍기는 손님 옆에 뻘쭘하게 서있던 기사님은 멋쩍은 웃음만 지었지. 단지 가는 길을 물어봤을 뿐인데 손님이라는 남자는 왜 그렇게 화를 냈을까? 기사님은 요금 받을 생각이 없다면서 돌아갔지만, 난 기사님이 입은 손해가 단순히 밥 몇 그릇으로 퉁칠 수준이 아니라 노동의 가치 자체가 짓밟힌 행위라는 생각이 들었어. 야간근무의 고단함, 주취자를 상대하느라 미처 챙기지 못한 인간으로서의 자존심, 갈

수록 오르는 사납금…… 그 모든 것을 포기하게 만든 행위가 아닐까. 그 손님은 정말 못된 사람이야, 언니.

또 어느 날에는 손님이 가방을 두고 내렸다며 주인을 찾아달라고 파출소에 방문한 기사님도 있었어. 손가방도 아닌 커다란 백팩. 어떻게 이 가방을 실수로 두고 내릴 수 있는지 선뜻 이해되지 않아 자초지종을 물어보니, 남자 중학생 두 명이 탔는데 요금을 내지 않고 도망치다가 두고 갔대. 어린 학생이니까 돈이 없다고 솔직히 말했으면 그냥 태워주려 했는데 먼저 도망을 가버려서 붙잡을 새도 없었다며 웃던 기사님. 그 아이들은 왜 그랬을까? 돈이 없다면 애초에 택시를 타지 않았어야 하고, 돈이 없는 걸 모르고 탔다면 솔직하게 사정을 설명하면서 다른 해결방법을 찾았어야 했는데. 어차피 목적지도 학교였으니 학교에 도착한 뒤 선생님께 도움을 구했다면 피해자가 생기진 않았을 것을. 나는 가방 소지품으로 주인을 알아낸 뒤 선생님을 통해 아이의 어머니와 연락이 닿았고, 이런 사정을 말씀드렸어. 어머니는 깜짝 놀라면서 자신의 아들을 체포해달라고 하시더라. 나는 그저 하하 웃고 말았지.

예전에 지나가는 택시를 향해 누군가 이런 말을 하는 걸 들은 적이 있어. "천 원짜리 인생." 무심코 흘려들었던, 언제 들었는지 정확히 기억나지도 않던 말이 왜 지금 생각나서 가슴에 사무치는 걸까. 4,000원짜리 자장면을 배달한다고 배달원이 4,000원짜리 사람이 되는 것이 아니며, 천 원짜리를 다룬다고 해서 그 사람의 삶 전체가 천 원짜리 삶이 되는 것이 아닐 텐데.

경찰관 한 명의 일탈 행위가 경찰 조직 전체의 일탈로 볼 수 없듯이, 택시 기사 한 명의 잘못된 태도가 택시 기사 전체의 비난으로 이어질 수는 없는 거야. 경찰관 개인의 위법행위가 '기강 해이가 극에 달한 경찰' 따위의 자극성 제목으로 언론에 보도되는 것을 침울하게 봤던 내가 그른 태도를 취하는 몇몇 택시 기사님을 봤다고 그 직업 전체에 선입견을 가져선 안 되는 거였는데. 경찰관도 택시 기사도, 그 외에 세상에 존재하는 수많은 정직한 직업이 결국은 현재를 잘 이겨내기 위해 선택한 '일'이며 자신과 가족을 지탱하는 버팀목이었음을 나는 이제야 알게 됐어. 남에게 해를 끼치지 않고 죄를 짓지 않으며 자신이 쓸 수 있는 능력으로 버는 돈의 가치는 '천한 직업' 정도의 천한 말로 폄하할 수 없음을, 삶의 현장 한가운데에 놓이고 나서야 비로소 알게 된 거야.

손님이 택시 안에 두고 간 물품을 인계해주면서 "좋은 걸 가져와야 하는데 그러지 못해 죄송합니다."라며 콧수염을 만지던 기사님이 떠올라. 좋은 차를 타고 다녀도 그 차에서 나오는 매연만큼의 더러움을 선사하는 사람이 있는가 하면, 길 위를 전전해도 고고한 양심과 태도까지 길 위에 두고 다니진 않았던 사람이 있었어.

여전히
잘 사는 사람들

사극을 보면 말이야. 화살을 쏘는 장면이 자주 나오잖아? 사람을 향해 쏜 화살이 아니라면 대부분 카메라는 날아간 화살이 아닌 주인공의 얼굴을 비춰 주지. 하지만 난 늘 궁금했었어. 어딘가로 날아간 화살은 어디에 박혔을까? 왜 아무도 신경 쓰지 않을까? 혹시 화살을 쏜 사람은 그 화살이 어디로 갔는지, 날아가다 떨어졌는지, 어딘가에 박혀 썩어가는지 궁금해하지 않는 건 아닐까? 오로지 그 화살에 맞은 쪽만 맞았다는 사실을 기억하고 홀로 아파한다면 그건 너무 비극일 텐데. 이 이야기는 그런 깨달음에 관한 이야기야.

파출소에는 특히 저녁 8시가 넘어가는 시간대부터 무전취식 신고가 정말 많이 들어와. 쉽게 말해서 음식이나 술을 먹고 돈을 안 냈다는 신고 말이야. 그날도 야간근무 중 손님이 음식을 먹고 돈을 안 냈다는 신고가 들어와서 가보니까 손님은 완전히 배 째라는 식이었어. 돈 받기를 포기한 사장님은 저 인간을 당장 내쫓아달라고 하기에 무전취식으로 통고 처분하려고 그 남자를 파출소에 데려왔지.

그런데 난 이상하게 그 남자가 낯이 익은 거야. 이름도 어디서 본 것 같은데, 도대체 언제 본 거지? 수면 위로 올라올 듯 말 듯한 그 남자의 존재를 추리하기 시작했지. 그 사람은 여전히 뻔뻔하게 자신은 돈이 없으니 벌금도 못 낸다고 소리를 지르다가, 이것 때문에 멀리 갈 수도 없는 처지라며 바지를 걷어 올리더라. 드러난 발목엔 전자발찌가 있었어. 언니, 난 그

제야 그 남자를 기억해낸 거야. 우리 파출소 관내에 사는 성범죄자 명단에서 저 얼굴과 이름을 봤다는 것도, 저 남자는 미성년자를 강간해서 전자발찌 부착 명령을 받았다는 사실도.

어떻게 저렇게 뻔뻔하게 살 수 있을까? 저 인간, 아니 저 새끼는 뭐가 저렇게 당당한 거야? 왜 반성의 기미는커녕 다른 사람을 괴롭히며 잘 먹고 잘 사는 거지? 내가 얼이 빠져 있는 사이 그는 전화기를 한 번만 빌려달라고 하더니 자신의 누나에게 전화를 걸더라고. 곧 수화기 너머 나이 든 여성의 힘없는 목소리가 들려왔고, 그는 그런 누나에게 욕을 하면서 벌금을 대신 좀 보내 달라고 소리 지르기 시작했어. 누나는 긴 한숨 뒤 지금 보내주마, 하며 전화를 끊었지.

구역질이 나서 참을 수 없었던 그때의 공기는 다시 떠올리고 싶지도 않아. 나는 권총을 차고 있었고 삼단봉도 휴대하고 있었지만, 아무것도 해서는 안 됐던 거지. 저 혐오스러운 인간도 결국 경찰관이 보호해야 할, 법적으로 보호받는 한 명의 국민이고 하나의 생명이니까.

언니, 죄는 뭐고 형벌은 뭘까? 생명에도 여러 가지 기준을 들이밀며 선을 그을 수 있을까? 넌 죽어도 마땅한 사람, 넌 나라에서 보호해줘야 하는 사람. 이런 현장의 중심에 있는 경찰관은 어떤 태도로 임해야 하며 어떤 기준을 세워 지켜나가야 할지 나는 정말 모르겠어. 언니, 더 이상 이 사회에 정의라는 건 없는 것 같다는 기막힌 현실만 알아갈 뿐이야.

그런가 하면 어느 겨울날 빌라 계단에 모르는 남자가 누워 있다는 신고가 들어왔어. 이 날씨에 차가운 계단 위에서 자다간 정말 얼어 죽을 수도 있겠다는 생각을 하면서 출동해 남자를 깨웠는데, 꺼져가는 목소리로 복지원에 데려달라고 애원하더라. 노숙자·행려자에게 며칠간의 숙식을 제공해주는 시설이 복지원이거든. 지갑에 신분증이 있길래 신원을 확인해보니까 그 남자는 강제추행으로 수배가 된 상태더라고. 언니, 그때 내가 무슨 생각을 했는지 알아? 이 남자가 여기서 얼든 말든 그대로 둔 채 돌아오고 싶었어.

또 언젠가는 무인카메라에 교통 단속되어 찾아온 민원인이 있었어. 본인 명의로 된 차라서 자기 집으로 고지서가 날아왔는데 운전은 조카가 했다면서 자신이 대신 납부하길 원하더라고. 운전자 신원을 알아야 해서 주민등록번호를 물어보니까 잘 모른다며 조카에게 전화를 걸더니 엄청 다정하게 삼촌이 알아서 하겠다고 다독이더라. 그 모습을 보면서 다정한 삼촌이 있는 게 부럽기도 했지.

용건이 끝난 후 그 사람은 돌아갔는데, 앞서 말한 전자발찌 사건과 비슷한 감정이 들었어. 저 사람을 분명히 어디서 봤는데 어디서 봤는지는 기억이 안 나는 거야. 설마 하는 마음으로 관내 성범죄자 명단을 다시 확인하는데 언니, 예상이 가지? 그래, 그 사람이 있었어. 나중에 알게 된 사실이지만 그 사람은 음란물 헤비업로더였대. 그걸로 단속당해 전과가 남았다는 사실에 굉장히 분노하고 있다는 것도 덤으로 알게 됐어.

각각 다른 사람들이었지만 한 가지 공통점은 있

더라. 가해자 누구도 죄책감에 시달리고 있지 않으며 너무도 자연스레 쏟아지는 햇살을 온몸으로 받으면서 잘만 살아간다는 거. 언니에게 다 말한 건 아니지만 참 많은 성범죄자를 봤고, 누구보다 당당하게 살아가는 것도 봤어. 하지만 피해자들은 어떨까. 그들도 그렇게 가슴 펴고 꿋꿋하게 햇살 밝은 날 돌아다니고 있을까? 가해자와는 비교도 되지 않을 만큼 행복하게 사는 게 당연한 건데.

자신을 모텔에 감금한 후 지속적으로 성폭행했던 피의자가 출소할 날이 머지않았다면서 두려움에 숨도 제대로 못 쉬고 집 밖에도 나가지 못하던 피해자의 모습이 떠올라. 그 누구보다 은밀하게 외출하던 그녀의 모습이, 불빛이 희미하게 남은 전구가 애처롭게 대롱대롱 매달린 빈 방과 같던 사람이.

언니, 모두에게 공평히 내리쬐는 햇살도 누군가에겐 공포가 되고 사치가 되더라. 화살을 쏜 사람은 곧 그 장소에서 자신이 화살을 쐈다는 사실도 까맣게 잊어버리겠지. 하지만 맞은 사람은 자신에게 박힌 화살을 뽑기도 힘들어. 상처자국은 쉽게 아물지도 않아. 그럼에도 쓰러지지는 않을 거라고 나는 굳게 믿어.

어쩌다 피해자가 더욱 힘을 내야만 하는 세상이 되었지만, 그들의 손 한 번 제대로 잡아주지 못하면서 응원의 말을 내뱉는 내가 부끄럽지만, 바라건대 뜻하지 않은 피해를 입은 사람 모두 잠시 앉았다가 숨을 고르고 운동화 끈을 단단히 여민 채 다시 일어나 세상을 마음껏 뛰어다녔으면 좋겠어.

언니, 나는 그들이 온몸으로 햇살을 받고 맛있는 음식을 먹으며 곁을 지켜주는 사람과 소중한 시간을 보내길 바라. 진심을 가득 담아 그들에게 이 말을 전해. 그 모든 건 당신들 잘못이 아니라고. 당신은 행복할 자격이 있다고. 당연하게 행복을 누리는 그들의 모습을 위해 나는 오늘도 기꺼이 두 발로 뛸 것이라고.

죄는 뭐고 형벌은 뭘까?
생명에도 여러 가지
기준을 들이밀며
선을 그을 수 있을까?

찢긴
무지개다리

끔찍하다는 말로 설명이 될까? 언니, 끔찍하다는 말보다 더 끔찍한 단어를 알아? 알면 가르쳐줘. 내가 본 광경을 도저히 글로 표현할 수 없으니까. 현장에 도착했을 때, 정말 내 눈을 의심했어. 저것의 정체가 과연 뭘까. 싱크대 호스 위에 걸려 있는 시뻘건 형체의 진실은.

동거하던 남녀가 있었어. 어느 날 여자친구의 외도를 의심한 남자는, 여자가 기르던 강아지 두 마리를 칼로 찔러 죽여버렸지. 그리곤 그 사체의 가죽을 벗겨 싱크대 수도꼭지 위에 고무장갑 걸어놓듯 걸어놨던 거야. 강아지의 사체에선 아직 멎지 않은 피가 눈물처럼 뚝뚝 흘러내리고 있었어. 나중에 범인을 검거한 후 왜 그랬냐고 물어보니, 피가 잘 빠지라고 그렇게 걸어놨다고 진술했다더라.

후에 동료를 통해서 들은 이야기지만, 강아지들이 죽어서 몸이 굳은 데다가 흘러내린 피가 말라붙어서 사체를 떼어내는 데 무척 어려웠다고 해. 언니, 나는 정말 묻고 싶어. 이 상황에서 누가 짐승이고 누가 인간이야? 누가 인간이길 포기한 거지? 법에도 경중이 있듯이 목숨에도 무겁고 가벼운 게 있어서 인간보다 덩치가 작은 것의 죽음은 도통 무감각해지기로 작정한 거야? 개새끼라는 욕은 없어져야 해. 개새끼보다 못한 인간이 차고 넘치는 세상에서 그런 욕은 더 이상 무의미하니까.

우리가 할 수 있는 일은 없었어. 그저 강아지의 사체를 상자에 담아 보관하고 그 위에 꽃 한 송이 올려놓는 것뿐. 며칠 뒤 여자가 찾아와 상자를 인계받으면서 쓰러질 듯 울던 모습이 아직도 기억에 남아. 마치 오래된 다큐멘터리를 보는 것처럼 내 머릿속에서 천천히 재생되는 그 장면이 언제쯤 잊힐까. 그리고, 그렇게 가엾게 죽어버린 두 생명의 넋은 어디로 가버렸을까.

어디로 갔든 부디 인간 세상엔 발붙이지 말고 하늘나라에서 무지개다리 위를 마음껏 뛰놀면서 행복하게 살았으면 좋겠어. 언니, 나와 함께 기도해줘. 그 아이들을 위해서, 그리고 아직도 이 땅 위에서 인간에 의해 부서져 가는 수많은 다른 동물들을 위해서.

이 상황에서 누가 짐승이고
누가 인간이야?
누가 인간이길 포기한 거지?

사라져줘
제발

언니, 나는 학창 시절 지독할 정도로 수학을 못했어. 내가 노력하지 않은 게 아니야. 고2 겨울방학 때 다른 과목 다 제쳐두고 수학에만 하루 10시간을 넘게 투자할 정도로 매달렸거든. 그렇게 열심히 하면 조금이라도 변화가 생길 줄 알았는데 웬걸, 고3이 되고 3월에 처음 친 모의고사에서 20점 남짓한 수학 점수를 받았고 그 후로 수학은 아예 포기했지. 그때는 수학만큼 어려운 문제가 없었고 수학만큼 답이 나오지 않는 것도 없었어.

하지만 난 이제 세상 모든 일이 수학만큼 어렵고 수학보다 더 답이 나오지 않는다는 걸 알아. 그리고 때때론 사는 내내 답이 없는 문제도 있다는 것까지.

편의점에서 한 남자가 자해한다는 신고가 들어왔어. 현장에 가보니 바닥엔 족히 사람 두 명쯤 죽었겠다 싶을 정도로 피가 흥건했지. 문을 열고 들어가자마자 온몸에 피 냄새가 밸 정도로. 얘기를 들어보니 편의점 주인과 그 남자가 평소에 친분이 좀 있었는데, 갈수록 관계가 멀어지자 그걸 견디지 못한 남자가 그렇게 행패를 부렸대. 그 남자는 소주병을 깨서 자신의 손목을 찔렀는데 한참이나 행패를 부리다가 과다출혈로 쓰러져 병원으로 강제 이송됐어.

그 자해 사건 후로도 남자는 계속해서 해당 편의점에 찾아가 소란을 피웠어. 전처럼 자해를 하진 않았지만 계산을 하지 않고 물건을 가져간다든지, 근처를 계속 어슬렁거리면서 주인이 겁을 먹게 한다든지. 자해를 했을 때 자신이 흘린 피에 편의점 도시락을 비벼 먹던 장면은 아직도 생생해. 곧 이 남자는 가족에 의해 정신병원으로 이송되었지만 그 병원에서도 계속 해당 편의점에 전화를 한다는 거야. 미안하다고 사과를 하고 다시 예전처럼 잘 지내보자고 부탁하는 전화를.

언니, 이런 사건은 법으로 해결하기가 무척 애매해. '법대로 해'라는 말은 누구든 뱉을 순 있지만, 법이면 다 해결될 거라고들 생각하지만, 법적인 결론이 날 때까지 시간이 얼마나 걸릴지는 아무도 모르거든. 언제 어떻게 끝날지 모르는 재판에 몰두할 여력이 있는 사람은 생각보다 많지 않아. 법은 멀고 주먹은 가깝다는 말이 괜히 있는 게 아니야. 판결이 아닌 현장 경찰관의 계도 조치나 긴급 조치만으로 이 남자의 행위를 근절하는 건 한계가 있어. 편의점 주인은 무능한 경찰의 모습에 분노하며 파출소를 떠났지만, 내가 대꾸해줄 수 있는 말은 없었어.

경찰이 범죄 예방을 한다곤 하지만, 사실 사건이 터져야 적극적으로 개입할 수 있는 게 현실이니까.

법이 그렇고 현실이 그러하며 바닥을 치는 공권력이 경찰을 그렇게 만들어. 이 문제가 완전히 해결되려면 이 사건의 원인인 그 남자가 영영 사라지거나 마음을 고쳐먹고 다시는 그러지 않아야 해. 하지만 그렇게 해 주리란 확신이 없잖아.

가정폭력도 마찬가지야. 법은 너무 약하고 가정폭력 현장을 맞닥뜨려야 하는 경찰관을 뒷받침해줄 건 아무것도 없어. 각종 제도나 경찰 긴급 조치 등을 누군가는 외칠지도 모르겠지만 현실에서 가장 필요한 건 강력한 형벌이고 전폭적인 예산 지원이야. 결국 사건 하나 터지면 주먹구구식으로 난립하는 각종 법 제도와 그걸 제대로 실행할 수 없는 현실 사이에 서 있는 경찰관만 죽어 나가는 구조는 갈수록 경찰관만 소극적으로 만들 뿐 근본적인 해결책이 될 수 없어.

동생이 매번 홀어머니에게 찾아와 욕을 하면서 물건을 부수고 돈을 빼앗아 간다고 누나가 신고를 한 적이 있어. 담당 부서로 연결해줬는데, 그 부서에서는 직접적 피해자가 어머니이기 때문에 어머니가 법적

조치에 소극적인 이상 경찰도 가시적인 조치를 해줄 수 없다고 대답했더라고. 언니, 난 그 누나에게 거의 빌다시피 사과를 했어. 진심으로 죄송하다고, 경찰관이 아무런 도움도 못 드리는데 저도 답답해서 속이 터지겠다고. 내가 정말 그분에게 면목이 없는 거야. 그러자 그분도 누구보다 내 마음을 잘 이해한다고, 그런 현실을 아는 데도 신고를 할 수밖에 없는 자기가 더 미안하다고 하시더라. 미친 듯 날뛰는 동생이 경찰이라도 와야 저 불리한 일은 안 당하려고 일단 돌아가니까, 쫓아내기라도 하려고 경찰에 신고하는 거라면서. 그 동생이 죽지 않는 한 홀어머니와 누나는 평생 반복되는 고통 속에 살게 되겠지.

서울 암사역 부근에서 칼부림이 났을 때 출동한 경찰관이 테이저건으로 제대로 진압하지 못했다면서 비난하는 기사가 인터넷과 TV에 연일 보도되더라. 나는 중앙경찰학교 때 딱 한 번 테이저건을 실습해본 이후로 여태껏 한 번도 사용해본 적이 없어. 왜냐고? 테이저건 카트리지, 쉽게 말해서 총알이 비싸다고 예

산 부족을 이유로 못 쓰게 하는 걸. 경찰관들은 권총은 쏘는 게 아니라 던지는 거라고 말해. 괜히 쐈다가 범인이 다치면 모든 민사적·형사적 책임을 그 경찰관 혼자서 해결해야 하니까. 안일하게 대처했다는 외부적 비난 한 번 받는 게 낫다고들 하지. 현장은 아주 긴박해. 순간의 판단으로만 이뤄지는 현장에서 이런저런 고민을 하다가 어느 세월에 총을 사용할 수 있을까? 결국 못한다는 이야기야.

여기서 비난해야 할 사람은 누구일까? 경찰은 경찰이기 이전에 한 명의 직장인일 뿐이야. 적극적인 업무처리를 하면 할수록 직장 내에서 입지가 위태로워지고, 잘못된다면 몇 년 치 연봉만큼의 액수를 물어줘야 하거나 아예 직장을 잃을 수도 있는 상황이 올 수도 있는데 누가 영웅처럼 나서겠어. 현장의 영웅을 원한다면 영웅이 마음 편히 활약할 수 있는 환경을 제공해줘야 해. 맨땅의 헤딩으론 이마만 깨질 뿐이니까.

이런 내 생각에 언니는 인상을 찌푸릴 수도, 짐짓 화를 낼 수도 있을 거야. 하지만 이런 이야기에도 이제는 귀를 기울여줬으면 좋겠어. 영웅은 타고나는 게 아니라 만들어진다는 걸.

현장의 영웅을 원한다면

영웅이 마음 편히

활약할 수 있는

환경을 제공해줘야 해.

강늡때기

언니, 교육이란 무엇인지 생각해본 적 있어? 왜 부모들은 자식들을 교육하는데 열을 올릴까? 프라이팬으로 중식요리에 쓸 재료를 볶듯 아이를 들들 볶아대는 이유가 뭘까. 아이들의 마음이 까맣게 타는 줄도 모르고, 때로는 힘에 부친다는 걸 누구보다 잘 알면서도. 나는 교육이란 것의 근본적 필요성, 그러니까 부수적인 대학 입학이나 취직 같은 것은 다 제외하고 그 존재 가치를 한 할머니를 통해 알게 되었어.

사람이 사람으로 살기 위해, 인간답게 살기 위해 무엇인가를 배워야만 하는 이유를. 그 할머니의 이름은 강늡때기야.

우리 파출소 관내에는 기차역이 하나 있거든. 어느 날 기차역 플랫폼 내에서 폭행 사건이 발생했다는 신고가 들어왔어. 역무원이 사건 관계자와 함께 있으니 와서 조사해달라는 거야. 현장에 도착해보니 피해자는 30대 여성이었고, 가해자로 지목된 사람은 80대 할머니였는데 일정한 주거지가 없는 노숙자 차림이더라. 부는 바람에도 쓰러질 만큼 가냘픈 몸으로 누군가를 때릴 수 있을까, 라는 생각이 들었지만 사실관계부터 확인했지.

상황인즉슨 할머니가 피해자인 여성에게 길을 물어봤는데 그분도 초행길이라 모른다고 했대. 대답을 들은 할머니는 다른 방향으로 가고, 여자는 휴대폰으로 재빨리 검색한 후 할머니에게 다시 알려주려고 어깨를 붙잡았는데, 그 행동에 놀란 할머니가 자신의 어깨에 올려진 손을 반사적으로 뿌리치면서 여자의 뺨을 스친 상황이더라고. 폭행은 반의사불벌죄이기 때문에 피해자가 처벌을 원할 때만 조사를 진행하는데, 이 사건은 피해자가 할머니의 처벌을 원했기 때문에 조사를 진행해야만 했어.

할머니를 다른 사무실로 모시고 가서 인적사항을 확인하기 위해 이것저것 여쭤봤지. 성함이 어떻게 되는지, 휴대폰은 있는지, 가족과 함께 사는지, 가족이 없다면 할머니가 현재 사는 곳은 어디인지, 기차 타고 어딜 가려고 하셨는지. 모든 질문에 할머니는 모른다고 대답했어. 계속해서 모른다는 말만 하시던 할머니의 태도에 화가 나려는 찰나, 할머니가 갑자기 울음을 터뜨리셨어. 언니, 뼈밖에 남지 않은 노인이 엉엉 울어대는 모습을 본 적이 있어? 그 광경은 참혹함에 가까워. 그리고 할머니가 뒤이어 꺼낸 말은 나를 슬픔의 나락으로 떨어뜨리고 말았지.

할머니는 이름이 없대. 아들 아들 노래를 부르던 시대에 딸로 태어난 죄로 아빠라는 사람은 자신을 안아준 적이 일평생 한 번도 없었다는군. 그리고 얼굴이 넓적하니 못생겼다고 늡때기, 그러니까 얼굴이 넓다는 뜻의 사투리를 이름 대신 부르면서 이름도 지어주지 않았다더라. 이름도 없이, 부모가 출생신고도 하지 않고, 결국 존재는 하지만 서류상으론 없는 사람으로 평생 주민등록증 하나 가져본 일 없이 살아오신 거야, 강늡때기 할머니는. 어떻게 이런 일이 가능할까? 출생신고가 되어 있지 않으니 이 할머니는 태어난 적도 없는 거야.

태어난 적이 없으니 학교에서 교육을 받을 수도, 취업을 할 수도 없었지. 할머니는 까막눈에 숫자도 모르셨어. "우리 아버지는 내 얼굴이 못생겼다고 나를 싫어했어. 평생 늡때기라고만, 이름 하나 없이 평생……." 말을 채 끝맺지도 못한 채 늡때기 할머니는 마치 아이처럼, 태어나자마자 버려져 할 수 있는 일이라곤 울음을 외치는 것밖에 없는 신생아처럼 그렇게 우셨어. 아들이 하나 있다곤 하는데 아들도 못 배운 엄마를 부끄럽게 여겨 서울로 간 뒤 연락을 끊은 지 오래라는 말을 덧붙이면서.

한글을 모른다는 할머니는 아들의 이름만은 똑똑히 기억하고 있었어. 머릿속에 있는 모국어라곤 아들 이름 하나뿐인 이 할머니는 어떤 삶을 살아온 걸까. 출생신고가 된 적이 없으니 사망신고도 할 일이 없는 이 할머니를, 탄생을 인정받지도 죽음으로 존재를 마감하지도 못할 이 할머니를 살아있는 사람이라고 부를 수 있을까, 언니? 내 눈앞에서 어깨를 떨며 울고 있는 할머니는 분명히 살아있는 사람인데 서류상엔 존재하지 않는, 없는 사람이야. 그렇게 강늡때기 할머니는 딸로 태어난 죄로, 배우지 못한 죄로, 책임감 없는 부모 밑에서 자란 죄로 생과 사의 경계에 설 자격조차 가져본 적 없게 되었어.

결국 이 사건은 피해자 부모가 할머니의 몰골을 보고 사건 처리를 하지 않겠다고 결정 내리면서 할머니를 귀가조치 하는 것으로 마무리됐어. 할머니는 여기서 기차로 한 시간 거리인 교회에서 생활하신다더라.

배우지 못하고 늙어버린 여자, 눈에 보이는 것

이 없으니 세상 모든 것이 위협적으로만 보이는지 한사코 몸을 움츠리고 다니던 강늡때기 할머니. 할머니가 글이라도 아셨다면 사정은 좀 나아지지 않았을까. 눈을 떠도 깜깜할 뿐인 상태로 어떻게 80년 이상을 살 수 있을까, 언니. 목숨이란 거, 정말 질겨서 눈물이 날 지경이야.

이 할머니가 세상에 존재하는 걸 아무도 몰랐던 것처럼, 할머니가 죽더라도 세상 그 누구도 강늡때기라는 여자가 살았었다는 걸 알지 못하겠지. 땅속 깊이 파묻혀 누구도 알지 못한 채 썩어가는 유물처럼, 강늡때기라는 한 사람의 역사도 그렇게 세월에 흩어지겠지.

교육이 주는 힘은 알 수 없어도, 교육이 왜 존재하는지는 알 것 같던 밤이었어. 적어도 세상을 깜깜하게만 살진 않았으면 좋겠다는 바람. 할 수 있는 말이 많아지고 볼 수 있는 것들이 늘어나면서 자신의 발걸음을 옮길 곳이 넓어지도록 하기 위한 원동력. 결국 민들레 홀씨를 날려주는 것처럼 나라는 존재를 멀리

멀리 날아갈 수 있도록 뒤에서 받쳐주는 바람과 같은 역할. 그게 교육의 중요성이며 존재 가치가 아닐까, 하는 생각을 해봤어.

언니, 언니라도 알아줬으면 해. 아는 것을 넘어 기억해줬으면 좋겠어. 얼굴이 네모난 편인, '강늅때기'라는 이름을 가진 할머니의 존재를 말이야.

유물처럼, 강늅때기라는
한 사람의 역사도
그렇게 세월에 흩어지겠지.

2장

죽은 사람

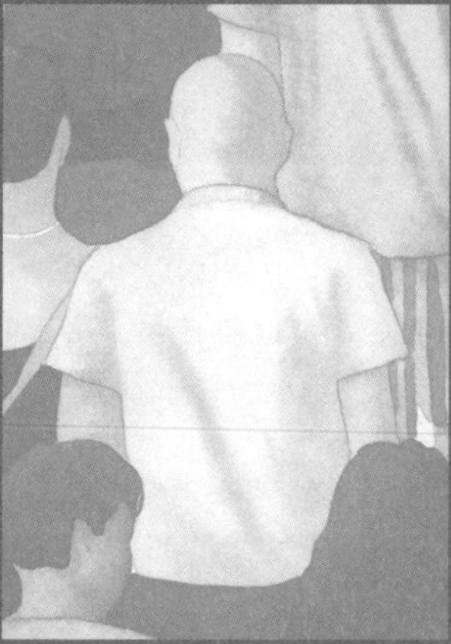

절규

언니, 정말 끔찍한 일이었어. 초등학교도 입학하지 않은 남자아이가 넘어진 자리 위로 트럭 바퀴가 지나간 일은.

인도에서 아동용 자전거를 타다 차도로 진입해버린 아이를 트럭 기사는 미처 발견하지 못한 채 계속 운행했고, 바퀴에 깔려버린 아이는 그 자리에서 숨을 거뒀어. 뒤따라오던 아이의 어머니는 그 현장을 보고 달려와 절규하면서 여기저기 벚꽃처럼 흩날린 아이의 부서진 뇌 조각들을 쓸어 담으면서 정신없이 아이의 이름을 외쳤다고 해. 현장에 출동했던 선배가 내게 들려준 말이야. 나는 선배가 울음을 참으며 찍어 온 현장 사진을 끝내 보지 못했어.

아이의 어머니는 결혼이주여성인데 나이 많고 병약한 남편이 일찍 죽는 바람에, 머나먼 타국에서 제대로 된 직장 하나 잡지 못한 채로 두 아이를 힘겹게 키워왔다고 해. 죽은 아이 밑으로 동생이 하나 있다더라. 사건을 처리하면서 알게 된 사정이었어.

나와 나이가 비슷한 어머니, 아니 그 여자. 말 한마디 통하지 않는 한국으로 시집와서 한국에서도 남쪽, 그 남쪽 중에서도 못사는 동네, 그 못사는 동네에서도 손에 꼽힐 정도로 낙후된 집, 그 집에서 말이 잘 통하지 않는 어린 두 아이를 남편 없이 키우다가, 상상하기도 어려울 만큼 끔찍한 사고로 큰 아이마저 잃게 된 그 여자. 언니, 난 들은 적 없는 그 어머니의 절규가 들리는 듯해 때때로 눈물이 고이는 날이 많았어.

아이가 쓰러진 곳엔 흰색 스프레이가 뿌려졌고

사람들은 그 흔적을 보고 수군거렸으며, 한동안 동네 부모들은 어린아이와 함께 길을 나설 때면 아이의 손을 꼭 잡고 지나갔어. 비가 오고 바람이 불면서 뿌려놨던 스프레이가 희미해지는 동안 동네 사람들은 다른 이야깃거리에 눈을 돌렸고 아이들은 늘 그렇듯 방실방실 웃으며 잘 지냈지. 우리는 어느새 인구가 한 명 줄어버린 관내를 전과 다름없이 순찰했고 세상 그 무엇도 바뀐 것 하나 없이, 멈춰버린 곳 없이 그렇게 시간은 속절없이 흘러가더라.

그러다가 아마 그 사고 이후 반년 정도 지난 때일 거야. 한 여자분이 파출소에 와서 길에서 지갑을 주웠다면서 인계를 해주고 가더라고. 습득자의 인적사항을 받아 적으면서 그분의 이름이 낯설지 않다는 느낌을 받았어. 한눈에 보기에도 생소한 외국 이름. 그리곤 떠올렸지. 아, 그분이구나. 사고로 죽은 아이의 어머니, 흩어진 뇌를 쓸어 담으며 트럭 옆에서 절규하던 그 어머니.

나는 그분이 주워준 지갑을 보고 이루 말할 수

없는 슬픔을 느꼈어. 다행스러운 기분도 동시에 들었지. 아, 이분이 잘 살아있구나, 한 문장 속에서 슬픔과 안도가 함께 젖어 드는 그 기분을 언니는 느껴봤어? 아직 살아있구나, 거친 삶 속에서도 누군가의 지갑을 주워주는 마음의 선함까지는 미처 잃지 못한 사람, 이런 사람에게 왜 그렇게 지독한 일이 생겼던 걸까.

나는 진심으로 기도해, 언니. 부디 죽은 아이가 마지막으로 본 세상 풍경이 트럭 바퀴가 아니었기를. 다음 생에는 좋은 곳에서 스스로 겪는 성장의 고통 외에 타인이 주는 아픔을 겪을 일 없이, 화목한 가정에서 사랑받으며 남에게도 사랑을 베풀 줄 아는 사람으로 태어나기를. 제발 그 어머니에게도, 남은 동생에게도 더 이상 울 날 따위는 오지 않기를. 진정 신이 존재한다면 내 기도를 꼭 들어주시기를. 당신의 존재 이유는 남아있는 선한 사람들에게 살아갈 희망을 주는 것이라고 나는 생각하기에.

친절한 유서

2017년 OECD 국가 중 '자살률 2위 대한민국'이란 말은 참 많이 들었지만 그럼에도 내가 놀랐던 건, 그 통계를 뒷받침이라도 하듯 실제로 자살하는 사람이 많다는 거야. 언니, 그날도 아들이 죽었다는 신고를 받았어. 아들은 자신의 방에서 목을 맸고, 책상 위에는 4장이나 되는 유서가 놓여 있었지.

나는 그 유서를 읽고 이 사람은 진짜 친절한 사람 같다는 생각을 했어. 언니, 누군가 쓴 글을 보면 그 사람의 성격이 어느 정도 드러나잖아. 그 유서는 쓴 사람의 친절을 종이 가득 뿜어내고 있었어.

4장짜리 유서에는 작은 글씨로 글이 빼곡하게 적혀 있었지. 컴퓨터를 잘 모르는 엄마를 위해 자신의 공인인증서를 다운받는 방법부터 어떻게 인터넷 뱅킹을 하는지, 자신이 가지고 있는 통장은 몇 개인지, 어떤 버튼을 눌러서 어디로 들어간 후 그 안에 있는 돈을 어떻게 써야 하는지까지 적혀 있었어. 자신의 사후 정리 매뉴얼처럼 보일 정도로 자세하게, 마치 죽음 이후 해결해야 할 문제에 대한 답안지처럼.

고인은 생전에 소심하고 낯을 많이 가려 사회생활을 하는 동안 자주 어려움을 겪었대. 직장에 들어간 이후에도 제대로 적응하지 못하고 겉돌다가 끝내 퇴사하길 여러 번, 최근까진 단기 아르바이트를 전전했다더라. 자신과는 성격이 정반대에다가 사회생활도 활발히 하고 결혼까지 한 동생을 보면서 점점 더 자신의 방 안에서만 지내는 날들이 많아졌다는 이야기를 유가족에게 들었어.

소심하다는 건 뭘 뜻하는 말일까. 남보다 깊이 생각하고 많이 걱정하며 성심성의껏 상대방을 배려하는 행위를 소심하다는 한마디 말로 낙인찍는 건 아닐까? 소심함을 외향적으로 고쳐야만 한다고 몰아가는 사회에서 그분은 이리저리 치이느라 많이 힘들었던 건 아닌지. 이제 서른 남짓한 나이에 죽는 순간까지도 대범하게 저 하나만 생각하지 못하고, 남은 가족이 처리해야 할 자잘한 금융 업무까지 걱정되어 친절한 유서를 남겨놓던 심정은 어땠을까. 소심함이란 누명을 쓰고 있던 그분의 친절함이, 그 유서에서 빛을 발했다는 사실이 참 아이러니했어.

그분께 닿지 못할 말을 전해. 세상에서 입은 상처와 남은 사람들에 대한 걱정이나 미안한 마음은 한 줌의 재와 함께 바람에 날려버리고 먼 길 조심히 잘 가시길, 행복한 곳에 따뜻한 터를 잡으시기를. 목에 묶여 있던 줄이 끊어질 때 당신은 갑갑함을 벗어던졌을까. 감겨있지 않았을 때도 숨이 막히도록 답답했던 건 아니었기를, 부디.

마치 죽음 이후 해결해야 할

문제에 대한 답안지처럼.

나는 살 가치도 없다

언니, 사람이 떨어지는 소리를 들은 적이 있어? 흔히 누군가 뛰어내리면 '쿵' 하는 소리가 들리겠거니 상상하지만 실제론 아니야. 10대 중반을 막 넘어선 학생 한 명이 스스로 생을 마감한 일이 있었어. 당시 근처에 있던 아파트 경비원은 무언가 떨어지는 소리가 아니라 폭발하는 소리가 났다고 진술했어. 한 사람이 죽기로 결심하고 뛰어내리면 폭발하는 소리가 나. 마치 생의 마지막까지 산산이 부숴버리려는 것처럼. 그 학생의 어머니는 아들의 마지막 장면을 목격하고야 말았어.

20층이 넘는 아파트에서 뛰어내린 학생은 추락하는 도중 바람에 실려, 원래 뛰어내린 지점에서 한참 떨어진 곳에서 발견됐지. 학생의 바지 주머니에는 유서가 있었는데, 피에 반쯤 젖은 그 유서에는 꾹꾹 힘주어 눌러 쓴 글씨로 '나는 살 가치도 없다'라고 적혀 있었어. 나는 살 가치도 없다니. 나는 살 가치도. 나는 살 가치'가' 없는 게 아니라 가치'도' 없다는 학생의 마지막 말은 뭘 의미하는 걸까. 유족 진술을 하는 내내 학생의 어머니는 퀭한 눈으로 바닥을 응시했고, 어머니 앞에 놓인 종이컵 표면에는 어느새 물방울이 맺혀 눈물처럼 바닥에 흥건히 떨어질 뿐이었어.

학생의 시신은 병원으로 옮겨졌고 현장에 남아 있던 핏자국은 말끔히 지워졌으며, 목숨 하나가 그 자리에서 사라졌다는 사실을 모르는 아파트 주민들은 방금 전까지 학생의 시신이 자리하던 곳을 지나다녔어. 누군가 쓰러져 죽어간 곳을 누군가 밟고 일어서며 오늘을 살아가는 곳이 바로 여기, 우리가 사는 세상이야.

학생의 어머니는 순찰차를 타고 병원으로 가는 내내 참 많이도 우셨어. 그럴 리가 없는데, 걔가 그럴 리가 없는데, 정말 왜 그랬을까. 당사자에게 닿지 못할 질문을 내가 들은 거야. 나는 그 질문에 답을 할 수도 없는데. 왜 그랬냐는 말이 상여 곡처럼 허공에 퍼지던 날도 있더랬어.

누군가 쓰러져 죽어간 곳을
누군가 밟고 일어서며
오늘을 살아가는 곳.

1980년 2월 23일

언니, 우리 집에는 갓 백일을 넘긴 조카가 한 명 있어. 나보다 여덟 살 위인 언니가 치열한 구 개월을 견딘 끝에 올해 오월에 낳은 아기. 이제 막 뒤집기를 시작한 조카는 나를 보며 반가운지, 같이 사는 사람이라고 알아보는 건지 빙긋빙긋 웃어. 저 조막만 한 머리로 무슨 생각을 하면서 표정을 짓는 건지 참 궁금해. 앞으로 기어가기 위해 엉덩이를 들썩이는 배밀이 동작까지 성공하면서 하루하루 다르게 성장하고 있는 조카를, 아무 의미 없이 하루하루 늙어만 가는 내가 지켜보고 있어.

파출소에서는 억울한 일만 겪고 산 듯한 표정으로 헉헉거리는 사람들과 부딪히고 퇴근 후 집에 오면 이제 막 생을 향해 걸음을 내딛는 조카를 봐. 그 순간 내 삶은 생과 사의 경계가 허물어지고, 삶과 죽음이 하나의 유기체처럼 큰 바다를 향해 작은 강물들이 모이는 듯해. 그리고 나는 망망대해에 돛단배 하나 타고 하릴없이 흐느적거리는 존재처럼 느껴져. 언니. 살아간다는 건, 죽는다는 건 도대체 뭘까.

꽤 오래전 일이야. 집에 계신 아버지가 돌아가신 것 같다는 신고를 받고 출동한 적이 있어. 현장에 도착해보니 노년의 남성은 마지막 배설물을 세상에 남긴 뒤 그 위에 죽은 채 누워 있었고, 집안에는 마지막 흔적의 냄새와 노부인의 울음소리만이 가득했지. 죽은 남성 옆에는 유서로 추정되는 편지가 있었는데 이상하게도 편지 마지막에 적힌 날짜가 1980년 2월 23일인 거야. 치매를 앓던 분도 아니라고 하는데, 왜 날짜를 그렇게 쓰신 걸까. 고개만 들면 오늘 날짜가 걸린 달력을 볼 수 있었는데도.

후에 얘기를 들어보니 고인은 꽤 오랫동안 직업을 구하지 못해 술만 마시면서 지내셨대. 자기 때문에 가족도 고생이고 본인도 이렇게 계속 살아가는 이유를 모르겠다며 자주 신세 한탄을 했다더라.

1980년, 그러니까 지금으로부터 약 삼십여 년 전 그때가 자신의 인생에서 최고의 전성기였을까? 오월 십팔일 일어난 광주민주화운동의 현장에서 최루탄 연기를 맡으며 민주화를 부르짖고 있었을까? 너무도 오래전에 멈춰버린 날짜를 보면서 나는 고인의 인생 시계도 아주 오래전에 멈춘 듯한 느낌을 받았어. 이미 인생의 시계는 멈췄지만 삶의 중력에 의해 거실의 시계추만은 삐걱거리며 움직였을 한 남자의 인생.

2월 23일은 아직 겨울이 채 끝나기 전, 그러나 다가오는 봄을 기다리며 새로운 생명력으로 꿈틀거리는 대지 위를 젊은 두 다리로 마음껏 뛰어다녔을 계절일 거야. 그 새벽에 맡았던 어슴푸레한 겨울의 공기를 그리워하며 편지를 쓰신 걸까. 그렇다면 인생의 시계가 멈춘 이분은 이미 삼십여 년 전에 죽어버린 사람이 아니었을까. 두 눈이 보이지 않는 사람처럼 주위를 더듬으며, 걷지 못하는 사람처럼 조용해도 너무 조용한 집 한구석에 멍하니 앉아 세월만 무상하게 보내며 죽음을 기다리셨던 걸까.

나는 삶과 죽음이 한 단어로 불리는 것을 들으며, 이제 막 백일을 넘긴 내 조카를 보며, 오늘도 생의 의미를 반추하며 길을 나서. 엄마 손을 잡고 소아과에 진료를 받으러 가는 유아를 보고, 반세기 전에는 엄마 손을 잡았을지도 모르나 지금은 바싹 마른 나무처럼 늙어버린 손으로 폐지를 줍고 있는 노인을 봐. 그 사이를 질주하는 오토바이 배달원을 마주해. 헬멧을 쓰지 않은 배달원을 보며 꽤 한참 전에 오토바이 사고로 요절해버린 어느 연예인을 떠올려. 시끄럽게 고요한 동네의 풍경을 보며 파출소에 도착하니 주간근무 팀원이 정신없이 변사 발생보고서를 작성하고 있어. 문득 삶과 죽음의 경계엔 저승사자가 아니라 경찰관이 있는 게 아닐까 생각해. 상황근무 때 공문 시스템을 켜고, '○○지방청 사망 경찰관'이라는 제목의 공문을 무심한 표정으로 읽으며 이번 달엔 세 명이 죽었으니 월급에서 삼만 원이 공제돼 조의금으로 쓰이겠다는 과연 이십일 세기의 현대인다운 생각을 해.

언니, 그러다 문득 내가 언젠가 죽을 때 유서 말미엔 어떤 날짜를 적어야 할까 고민하면서 그때가 너무 빨리 나를 찾아오지는 않기를, 뭉툭한 손을 모으며 흩날리듯 기도를 했던 어느 날이 있었어.

인생의 시계는 멈췄지만

삶의 중력에 의해

거실의 시계추만은

삐걱거리며 움직였을

한 남자의 인생.

사람이
죽는 때

언니가 기억할지 모르겠다. 2017년 추석은 전 국민의 가슴을 뛰게 만들었어. 10월 2일이 임시공휴일로 지정되면서 10일이라는, 사상 최대의 연휴가 생겼던 때거든. 뉴스에서는 연일 공항으로 몰릴 해외 여행객에 대한 이야기를 쏟아냈고 직장인들은 휴가를 갈지 집에서 쉴지에 대한 고민으로 머리를 굴렸으며 도시 전체가 휴식에 대한 기대감이랄까, 그런 느낌으로 축제 같은 분위기까지 났었어. 하지만 모두에게 그 기운이 통한 건 아니었나 봐. 미처 그 기운이 스며들지 못한 곳이 있었던 거야. 어느 곳에서든 소외라는 단어만큼은 소외되지 않고 존재하는 법이니까.

난 그때의 추석을 뉴스 보도와는 조금 다르게 기억해. 가장 길었던 연휴라고 기억하지 않아. 단지 우리 경찰서 관내에서 무려 3명이 자살했던 때라고 기억하고 있어. 온 나라가 활력이 넘쳐도 어디선가 사람은 죽더라. 오히려 그런 날 많이 죽는 것 같아. 모두가 즐거워 보이는데, 아무 걱정 없이 여행을 가고 사랑하는 사람끼리 만나 행복하게 식사를 하는데 나는 왜 이럴까. 그런 생각이 그 사람들을 죽음으로 재촉하는 것 같아. 타인의 행복을 목격하는 순간만큼이나 나의 불행이 두드러지는 때가 없어서 그런 걸까.

세 분 모두 같이 사는 가족 없이 홀로 쓸쓸히 죽었으며, 타인에 의해 발견됐다는 공통점이 있었어. 언니, 내가 이러니저러니 떠들어도 스스로 죽음으로 걸어간 사람들의 마음은 절대 알지 못할 거야. 애초에 어떻게든 하루를 더 살아내기 위해서, 그리고 앞으로 더욱 잘 살기 위해서 노력하고 있는 내가 이제 그만 살기로 결심한 사람의 마음을 이해한다는 건 불가능한 일이니까. 죽은 사람의 심정을 헤아린다는 말 따위 산 사람의 오만함에 지나지 않아. 어떻게 해야 그들을 이해할 수 있을까? 죽기로 결심한 사람을 이해한다며, 그 아픔 다 내려놓고 부디 좋은 곳에 가라는 명복을 빌어줄 수 있을까. 죽음은 슬픈 일이고 어쩌면 너무도 당연한 일이지만 아직 살아있는 나는 그에 대한 발언권이 없는 것 같아.

사람 위에 돈이 있어선 안 되지만 돈이 없으면 사람도 없는 것 같아. 제조업이나 조선업처럼 일감이 줄어드는 업종이 생길수록 거기에 짓눌리는 사람들도 점점 늘어나. 언니, 내 동기 중에는 섬에서 일하는 동기도 있거든. 그들이 입을 모아 이야기해. 요즘 섬에서 사람이 너무 많이 죽고 있다고. 조선업을 기반으로 생활하던 사람들이, 조선업이 어려워지니까 살아갈 힘을 잃어버린 것 같다는 이야기를.

또 다른 동기 한 명이 조선업이 밀집된 곳에서

일하는데, 여자가 쓰러져 있다는 신고를 받고 출동했대. 현장에 도착해보니 아파트 화단 근처에 여자 한 명이 엎드린 채 누워 있는 것이 어렴풋이 보였다는 거야. 가로등도 없는 어두운 곳이어서 깨우려고 휴대용 플래시를 비췄는데, 그 순간 동기는 정말 소리를 지를 뻔했대. 여자는 엎드려 있는 게 아니었어. 아파트에서 뛰어내려 죽어 있던 거지. 어둡고 인적이 드물어서 아무도 발견하지 못했던 그 현장. 플래시에 비친 땅이 온통 피바다였다며 당시를 회상하던 동기는 무슨 표정을 지어야 할지 몰라서 웃어버리고 말았어. 나도 따라 웃었지. 웃음 끝에 턱 막혀 오는 마음을 애써 내려놓은 채로.

제조업장이 지역경제의 대부분을 차지하는 곳에서 일하는 선배는 요즘 별명이 '저승사자'가 됐어. 신고받고 출동만 하면 사람이 죽어 있어서 붙여진 별명이야. 한번은 사람이 죽어 있다는 신고를 받고 출동했는데 시체가 안 보이더래. 그래서 허위 신고인가 싶어 한참 주위를 둘러보다가 문득 위를 쳐다봤는데, 자신의 머리 위 나뭇가지에 목을 매달아 죽은 사람과 눈이 마주쳤다는 거야. 그때 바지에 실례를 할 뻔했다며 몸서리를 치던 선배의 모습이 지금도 생생해.

나는 동기의 이야기가, 선배의 경험담이 단순히 안주거리로 넘길 일화라고 생각하지 않아. 그게 경찰관에게 트라우마로 남거나 자신도 모르게 정신을 갉아먹는 상처가 될 수 있어. 무엇보다 이러한 죽음이 우리 사회에 왜 이렇게 많은지 그 자체에 주목해야 한다고 생각해.

체감 경기를 알고 싶으면 택시 기사와 이야기를 나눠보라는 말처럼 사회 구성원이 갖고 있는 저마다의 고민이나 어려움을 알기 위해서는 경찰관의 이야기를 들어보면 될 정도로 우리는 사회의 명과 암을 생생히 지켜보는 입장이거든. 그러나 이 문제는 어떤 식으로 풀어나가야 할지에 대한 사회적 논의조차도 시작되지 않은 것이 현실이야. 개인이 감당해야 할 몫으로 미뤄진 사회의 어둠은 생각보다 짙어서 앞이 잘 보이지 않아.

사람 위에 돈이 있어선
안 되지만 돈이 없으면
사람도 없는 것 같아.

나는 사냥개나 미친개가 아니다

언니, 경찰관으로 일하면서 사람들의 죽음을 많이 보게 됐지만 그중에는 같은 경찰관의 죽음도 많았어. 일하다가 죽은 사람, 자살한 사람, 죽진 않았어도 혼수상태에 빠지거나 크게 다친 사람까지 합하면 셀 수도 없을 거야.

포항의 어느 파출소에서 젊은 경찰관이 야간근무 대기 도중 사망한 일이 있었어. 사망 직전 그는 폭행 현장에서 용의자를 제압하다가, 용의자가 자신을 향해 주먹을 휘두르고 침을 뱉는 일 등을 겪으면서 “내가 이러려고 경찰이 됐는지 모르겠다.”라는 말을 동료에게 했다고 해. 그 절망감이 그를 무너뜨렸던 걸까? 해당 사건 처리 후 새벽 1시, 코피를 흘린 채 쓰러진 그를 동료가 발견해서 병원으로 후송했으나 끝내 죽고 말았어. 공무원연금공단은 이 사안에서 그를 순직으로 인정해주지 않았고, 그의 유가족은 청와대 국민청원 온라인 게시판에 글을 올렸지. 그 후 재심을 통해 죽은 지 반년이 지난 뒤에야 순직으로 인정받을 수 있었어.

작년엔 같은 지역에서 한 달 새 경찰관 3명이 자살한 적도 있었어. 그리고 달이 바뀌자마자 또 누군가가 자살해서, 그 지방청은 크리스마스트리 대신 장례식 화환을 더 많이 설치해야만 했을 거야.

최근 5년간 자살한 경찰관이 통계에 기록된 것만 116명이래. 난 그들의 죽음이 자살을 가장한 타살이라고 생각해. 나도 서서히 죽음을 향해 가는 것만 같아서 자꾸 내 발밑을 쳐다보게 돼. 현재 내가 걸어가는 곳이 어디인지 보기 위해. 그리고 어떻게든 살아내 보려고 언니에게 편지를 쓰게 된 것이고. 힘들지 않은 일은 없지만 굳이 이렇게까지 힘들어야 할 필요도 없을 텐데 현실은 정말 녹록지 않아.

조직폭력배들끼리 싸운다는 신고를 받고 출동했다가 폭력배 한 명한테 뺨을 맞고 심하게 넘어졌지만 그를 공무집행방해로 조사조차 하지 못한 동기, 주취자가 휘두른 팔꿈치에 안면이 함몰된 동료, 욕을 듣고 외근 조끼에 침까지 맞아도 아무것도 할 수 없었던 선배, 술에 취한 남자 대학생들이 달려와 순찰차를 발로 차며 짭새 새끼는 밖으로 나와 보라고 욕을 퍼부을 때도 조용히 차를 몰고 자리를 뜰 수밖에 없었던 후배까지, 우리 모두 각자의 이유로 병이 들어버렸어.

하지만 우리의 고통을 비웃기라도 하듯, 어느 국회의원은 경찰관을 향해 "경찰은 미친개, 사냥개, 미친개에겐 몽둥이가 답."이라는 말로 경찰관의 수고를 대신했어. 이 발언을 들은 경찰관들이 해당 의원 사무실 앞에서 발언에 대한 사과를 요구하는 1인시위를 하는 등 여론이 나빠지자 그 국회의원은 결국 공식적으로 사과했지. 경찰 전체를 비난한 것이 아니라 일부 정치경찰을 명시한 것이고, 자신은 경찰을 사랑한다는 말도 덧붙이더라. 이게 이 이야기의 결말이라면 결말이야.

자살 기도자를 구하기 위해 아파트 창문 밖 난간으로 이동하다 추락하여 숨진 故 정연호 경위, 폭행 신고를 받고 출동했다가 범인이 쏜 총에 맞아 숨진 故 김창호 경감, 철길 위에 누워 있던 지적장애인을 구하려다 미처 속력을 줄이지 못한 열차에 치여 숨진 故 이기태 경감, 피의자를 제지하려다 황산 테러를 당해 얼굴과 목에 3도 화상을 입은 어느 선배까지.

잊혔고, 잊히고 있는 수많은 현장 영웅들과 지금 이 시각에도 밤낮없이 뛰어다니는 경찰관들. 하늘의 별을 다 헤아린대도 현장 영웅들의 숫자는 결코 헤아릴 수 없을 텐데, 그 사람들 모두 미친개였으며 몽둥이로 다스려야만 하는 존재였던 걸까, 언니. 경찰청 인터넷 사이트의 '순직경찰관추모' 웹페이지에 들어가면 볼 수 있는 수많은 순직 경찰관은 무얼 위해서 죽었던 걸까.

주취자가 얼굴에 뱉은 침이나 맞으며, 그들이 순찰차에 남겨놓은 토사물과 똥오줌을 치우면서 공권력이 바닥인 나라에 더 이상 떨어질 명예도 없다고 생각했건만, 나의 오산이었어. 국민을 대표한다는 국회의원의 입에서 나온 말을 들은 나는 그림자까지 부서진 심정이야.

새벽 3시, 야간 순찰 도중 몰려오는 피로를 떨쳐내려 순찰차에서 나와 스트레칭을 하던 동료는 지나가던 남자가 자신을 향해 스트레칭이나 하는 걸 보니 팔자도 좋다며 혀를 차고 가는 소리를 들은 뒤 며칠을 심란하게 보냈어. 그 사람은 왜 굳이 그런 말을 경찰관에게 했을까? 제복을 입고 있으니 자신에게 주먹을 휘두르지 못할 걸 알아서? 여자라 만만하게 보여서? 단순히 분풀이 대상이 필요해서? 그 어떤 것도 이유가 되진 못할 거야. 가해자가 피해자에게 가해 행위를 하는 데에는 어떤 이유도 없으니까.

나는, 우리는, 사냥개나 미친개가 아니라 대한민국의 경찰관일 뿐이야. 그리고 나는 나와 내 동료, 선배, 후배들의 최종 목적지가 죽음이 아니길 진심으로 바라고 있어.

3장

남은 사람

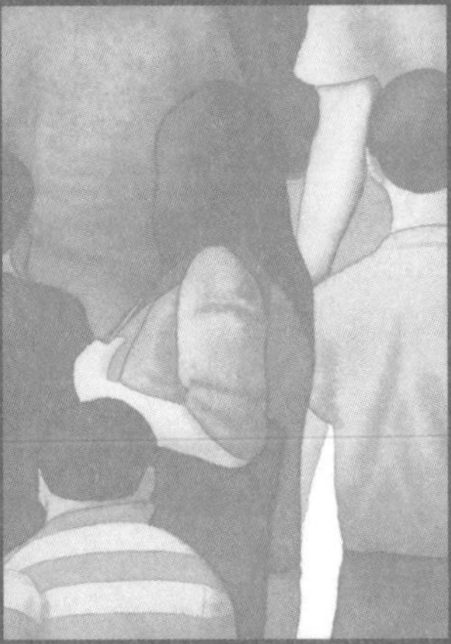

그들이라는
파편

남자 주취자가 길에서 알몸으로 자고 있다는 신고가 들어왔어. 그때가 아마 새벽 2시쯤이었을 거야. 현장에 출동했던 선배의 이야기를 들어보니 남자는 정말 알몸이었고, 누가 들고 갔는지 원래 없었는지는 모르지만 주위에 그 사람 짐도 하나 없었대. 출동 경찰관들은 술에 취해 인사불성인 그 사람을 어르고 달래 겨우 인적 사항을 파악하고, 집주소가 우리 관내라서 집까지 모셔다주었지. 집에서 연락이 되지 않는 남편만 기다리던 부인은 경찰관에게 연신 감사하다며 고개를 숙였대. 못 볼 꼴 다 봤지만 그래도 나름 뿌듯한 마음으로 파출소에 돌아왔던 선배들. 하지만 문제는 몇 시간 후에 터졌어.

보통 지구대와 파출소별로 시간이 다르지만, 통상적으로 8시 전후에 야간근무팀과 주간근무팀이 교대를 해. 서울의 경우 출퇴근 시간대의 혼잡을 피하기 위해 더 일찍 교대를 하는 곳이 있다고는 하더라고. 어쨌든 우리 팀이 야간근무를 마치고 막 교대를 하려던 찰나, 오전 8시쯤 신고가 다시 들어온 거야. 언니, 무슨 내용인 줄 알아? 정말 사람이 어떻게 그럴 수 있을까. 내용인즉슨, 경찰관이 자신의 금을 전부 다 가져갔으니 당장 내놓으라는 거였어. 무슨 일인고 하니, 몇 시간 전 고생고생해서 집까지 모셔드렸던 주취자가 술 깨고 보니 자신의 금목걸이와 금팔찌가 없어졌다면서 부인에게 고함을 지르며 경찰에게 신고하라고 윽박을 질렀대. 물에 빠진 놈 구해놨더니 보따리 내놓으라고 한다더니만, 옛말은 틀린 게 하나도 없어.

심지어 자신이 도둑맞은 금목걸이와 금팔찌의 무게가 합쳐서 100돈이라고 주장하던데 언니, 사람이 금 100돈을 온전히 들고 다닐 수 있긴 한 거야? 워낙 가난한 경찰관이라 금붙이 같은 건 구경도 못 해봐서 잘 모르겠지만 그래도 이건 아니잖아.

우린 결국 그 사건을 끝까지 마감하느라 평소보다 훨씬 늦게 퇴근하게 됐고 몸과 눈꺼풀이 천근만근이었지만 마음은 그보다 곱절은 더 무거웠어. 도둑놈 취급을 받으면서까지 내가 이 일을 계속 해야 할까. 아니, 그 전에 내가 버틸 수나 있을까. 이런 굴욕에 익숙해지는 날이 올까. 울적한 나를 본 팀장님이 위로의 말을 해주셨어. 이 일을 하다보면 이런 놈 저런 놈 미친 놈 다 만나는데, 그런 것 다 마음에 담아 두면 이 직장에 오래 있을 수 없다면서 털어버리라고 하셨지. 흰머리로 뒤덮인 팀장님의 모습을 보면서 나는 한층 더 울적해졌어.

또 차가 밀린다고 신고하는 사람도 굉장히 많아. 그런 신고를 하는 사람들은 보통 감정이 엄청나게

과잉된 상태라서 말로 폭격하는 수준이야. 명절에 고속도로 출입구 근처에서 일하는 동기들은 정말 넋이 가루가 되더라. 왜 이렇게 차가 밀리냐(명절이니까 당연하지!), 경찰관이 교통정리 안 하고 뭐하냐(교통경찰이 새벽 내내 정리하는 중인데), 왜 이것들 다 안 쓸어버리냐(본인 포함인가요?), 경찰 새끼들은 하는 게 뭐냐! 1분 사이에 쏟아지는 수십 건의 신고. 1분 1초가 온몸의 감각을 통해 생생하게 느껴지고 그 고통은 정말 말로 다 설명할 수 없을 거야. 경찰이 된 후로 나는 명절이 전혀 기다려지지가 않아. 청소기로 도로에 있는 차들을 모두 쓸어버릴 수도 없지 않느냐면서 하소연하는 동기에게 어떻게 위로를 해줘야 할지 모르겠더라.

교통 단속을 할 때는 더 가관이야. 고성과 욕설이 난무하고 멱살까지 잡는 경우도 있어. 자신들이 교통 법규를 위반해놓고 단속하는 경찰관의 행동을 나무라다니 적반하장이 따로 없다니까. 중앙선을 침범하는 트럭을 단속했다가 기사에게 "젊은 년이 늙은 사람 단속해서 복 받겠다."라는 덕담도 들었지. 너무 속이 상해서 같은 팀 선배에게 말했더니 자신은 얼굴에 침을 맞았다면서 위로해주더라. 그 얘기를 듣고 전혀 위로가 되지 않은 게 흠이지만.

민원인이라는, 그들이 던진 말의 파편에 맞은 나는 피를 흘리며 신음하고 있지만 경찰이라는 이유로, 세금을 먹고 사는 직업이라는 이유로 아프다는 소리를 낼 자격조차 부여받지 못했어. 그들은 자신의 혀가 날카로운 칼인 줄도 모르고 나에게 휘둘렀고, 난 그 칼을 능숙하게 받아낼 실력도, 갖춰 입은 갑옷도 없어서 무척이나 많이 베였어. 언니, 누군가는 경찰 월급에 욕먹는 값이 포함되어 있다고들 해. 그 말이 사실이라면 나는 억대 연봉자가 아닐까? 어쩌면 웬만한 기업의 순이익만큼 벌지도 몰라.

선배와 동료들은 그냥 한 귀로 듣고 흘리라고, 그런 인간들이 하는 말에 왜 그렇게까지 신경을 쓰냐며 나를 다그치지만 나는 그게 어려워. 언니, 나는 내 가슴을 후벼파는 주취자나 악성 민원인들의 말을 결코 한 귀로 듣고 흘릴 수가 없어. 없던 일로, 애초에 들은 적 없는 말로 치부하기엔 내 두 눈으로 생생히 목격했던 표정이고 두 귀로 똑똑히 들은 말이며 분명히 있었던 일이니까.

가끔 파출소가 공짜 카페인 줄 알고 오는 사람들도 있어. 당당하게 커피 한 잔을 타달라고 요구하지. 어찌나 당당한지 맡겨 놓은 줄 알았다니까. 자신이 친구랑 만나기로 약속을 했는데 약속 시간보다 일찍 왔다면서, 그동안 여기서 기다릴 테니 커피나 한 잔 달라더라. 어쩌겠어? 나는 나약한 경찰관이니까 해달라는 대로 해줄 수밖에. 시간이 조금 지나 연락을 받은 친구가 파출소로 들어왔더라. 자신의 친구가 그런 태도로 앉아있는 것을 보고 깜짝 놀라 어서 나오라고 속삭이자, 그 사람은 "왜 그렇게 눈치를 봐? 어차피 여기 있는 것들 다 우리가 낸 세금으로 산 건데! 내가 낸 세금으로 커피 먹겠다는데 뭐가 어때서!"라고 외쳤어.

어떤 날엔 200장이 넘는 종이를 가져와서는 공

짜로 복사해달라는 사람을 보기도 했어. 언니, 나는 묻고 싶어. 세금을 받는다는 이유로 이런 모욕과 수난을 참아야만 하는 건지. 그렇다면 이 사람들이 과연 경찰관서가 아닌 다른 기관, 예컨대 검찰청이나 청와대까지 가서도 이런 태도로 일관할 수 있는 건지. 그냥 경찰 조직 자체가 자신의 발 아래로 보였던 건 아닌지.

한번은 하도 세금 세금 노래를 부르는 악성 주취자의 태도에 너무 화가 난 동기가, 자신의 월급 명세서를 인쇄해 보여줬대. 이 월급을 보고도 당신이 세금 타령을 할 수 있으면 어디 한번 계속 해보라고. 무안해진 그 사람은 혼자 씩씩거리다가 돌아갔지. 나중에 알고 봤더니 그 사람도 세금의 덕을 보는 기초생활수급자였어. 우린 이런 이야기를 하면서 쓴웃음을 짓곤 해. 경찰관의 유머랄까.

오늘도 파출소에 민원인이 찾아와 경찰이 해줄 수 없는 조치를 해달라고 요구하며 목소리를 높여. 잃어버린 물건이 습득물로 들어오면 인계해주려고 이름과 연락처를 물어보자, 해결해주지도 않을 거면서 그런 건 왜 물어보냐고 눈을 흘겨봐. 나는 이런 행동이 이해되지 않아. 사소한 행동 하나로, 짧은 말 한 마디로 굳이 남에게 상처를 주는 이유가 뭘까. 마치 남의 기분을 상하게 하고 마음에 상처와 흠집을 내기 위해 살아가는 사람처럼 행동하는 이들의 기분이 궁금해. 저 사람은 뒤돌아서 경찰의 무능함을 욕하면서도 이 일은 곧 잊어버릴 테지만, 나는 두고두고 이 일을 곱씹으며 여러 번 상처를 입겠지. 씹고 씹고 또 씹어 진액이 나오지 않을 만큼 질겅질겅 씹어대겠지. 그렇게 상처의 진액만 마셔대며 슬퍼하겠지. 이런 성격을 가진 나는, 나로 살아가는 것이 버겁기만 해.

이러한 기억의 조각은 시간이 지나면서 흩어지다 결국 파편으로 남았어. 붙여지지도 않고 쓸어 담을 수도 없는 자잘한 파편들. 맨손으로 어찌 해보려다 찔려 상처만 입는 나날이 계속 돼. 버리고 버려도 손에 잡히지 않을 만큼 작은 파편들은 여전히 남아 있고, 그 자리에 누워 등이 배기는 나는 쉽사리 잠들지 못하는 날이 많아. 그들이 던진 파편에 나는 잠드는 순간 조차 편할 수 없어.

그렇게 제대로 잠들지 못한 나는 글을 쓰기 위해 펜을 들었어. 언니에게 부칠 편지를, 혹은 넋두리로 가득한 일기를 쓰기 위해. 오늘도 술에 취한 남자는 파출소에 전화해 자신이 있는 곳으로 출동하라고 소리쳤지. 전화를 받은 나는 무슨 일로 그러시냐고 물었지만, 그 남자는 출동하라면 하는 거지 짭새가 무슨 말이 그렇게 많냐고 입 닥치고 출동이나 하라더라. 하지만 나는 입을 다물지 않았고, 지금도 그 입을 열고 언니에게 얘기를 하고 있어.

언니, 누군가는
경찰 월급에 욕먹는 값이
포함되어 있다고들 해.

민들레 인생

언니, 가끔은 사람의 인생이 꽃처럼 느껴질 때가 있어. 그중에서도 인간의 노년은 민들레를 닮은 것 같아. 내가 그런 생각을 하게 된 건 치매에 걸린 노인들을 자주 보게 되면서부터야. 민들레 홀씨처럼 자신의 것을 하나둘씩 놓아주고 뒤안길로 점점 사라지는 것 같아서.

파출소에는 하루가 멀다 하고 치매 노인이 사라졌다는 신고가 들어와. 담당 부서에서 요건에 부합할 경우 실시간 위치추적이 가능한 기기를 지급하지만 거추장스럽다는 이유로, 귀찮다는 이유로 노인분들이 착용을 잘 안 하셔. 가족들도 먹고 살기 바쁘니까 옆에서 돌봐주지 못한다면 상황이 더 어렵게 돌아가지. 치매를 앓는 노인의 특징 중 하나는 앞뒤 안 보고 직진만 하는 거야. 그분들 걸음으로 얼마나 멀리 갈까 싶지만 정말 직진만 하시기 때문에 굉장히 먼 곳에서 발견되는 경우도 있어. 전에 우리 관내에서 실종된 분이 50킬로미터가 넘는 곳에서 발견된 적도 있다니까. 무슨 생각을 하며, 어떤 마음으로 그렇게나 먼 거리를 걸어가신 걸까, 그분은.

파출소 근처에서 큰 행사가 열려 분위기가 떠들썩하던 때, 한쪽 눈동자가 짙은 회색으로 뒤덮인 할머니가 불안한 표정으로 이리저리 둘러보면서 파출소에 들어오셨어. 그러더니 중증 치매를 앓고 있는 남편이 자신이 잠시 외출한 사이 집을 나갔다며 울기 시작하시더라. 70대 할머니가 꼬깃꼬깃 늙은 손으로 얼굴을 가리면서 정말 엉엉 우셨어. 자식들 모두 아버지를 요양병원에 보내자고 했을 때 자신은 끝까지 말렸는데, 오늘 할아버지를 찾게 되면 진짜 병원에 보내야겠다면서. 혹시 큰 소리를 듣고 근처 행사장에 갔나 싶어 찾아가봤지만, 자신의 초라한 행색 때문에 행사장 입구에서 입장을 거부당했다는 말도 덧붙이셨지. 시력을 잃어버린 할머니의 회색 눈동자에선 투명한 눈물이 끊임없이 흘러나왔어.

우리는 행사장에 협조를 구해 할아버지를 찾는다는 안내 방송을 송출하고 일대를 수색하기 시작했지. 그렇게 수색한지 1시간 30분이 넘었을 무렵, 할아버지를 찾았다는 할머니의 연락을 받았어. 갈 곳을 잃고 이리저리 방황하는 할아버지를 용케 알아본 동네 주민이 댁까지 모셔다드렸고, 마침 할아버지를 찾아 헤매다 지쳐 집으로 돌아온 할머니와 마주치게 된 거야.

하지만 언니, 나는 이 일이 마냥 다행이라고만 생각할 순 없었어. 할아버지는 이제 요양병원에 입원하실 일만 남았으니까. 그렇다고 계속 길 위를 방황하는 게 더 낫다고도 할 수 없고 다행이라고도 할 수 없는, 쉽사리 말을 건넬 수 없는 일도 있더라.

언니, 인간이란 나이가 들면 들수록 아이와 같아진다는 생각이 들어. 어릴 때 찬 기저귀를 늙고 나서도 차게 돼. 어떤 사회적 기억도 없이 자신의 욕구에만 충실한 아이처럼, 치매에 걸린 노인도 그렇게 행동하잖아. 요즘은 늙어 간다는 의미를 잘 모르겠어. 노년이란 무엇일까. 생을 차분히 돌아보는 게 가능하긴 할까. 빨리 들어버린 나이 앞에서 이때까지 잘 살아왔다며 자조적인 웃음을 지어야 할지, 무색하게 흘러버린 세월을 탓하며 울어야 할지 알 수 없어 그렇게 표정을 잃어버린 시간일까. 하나의 표정을 짓기엔 너무도 많은 감정을 느껴버린 나이. 그런 서글픈 표정의 노년이 지천에 널려 있더라.

내가 막 초등학교에 들어갔을 무렵이야. 이모가 위암 3기 판정을 받았어. 그날부터 외할머니는 암에 좋다는 소리에 새벽이슬을 맞아가며 민들레를 따셨지. 그때부터였을 거야. 외할머니가 살던 동네에

민들레가 자취를 감춘 것은. 그로부터 20년이 더 지난 지금 이모의 몸 속 암세포들은 다 사라졌지만 외할머니는 민들레 홀씨가 되어 바람을 타고 하늘로 올라가셨어.

결국 인생이란 것도 그런게 아닐까. 나에게 주어진 것은 무엇이든, 그게 돈이든 나의 인연이든, 심지어 내가 차곡차곡 쌓아온 기억이든. 세월이 흐르면서 민들레 홀씨가 날아가듯 서서히 하나둘씩 바람을 타고 사라져가고 나중에 홀로 남은 나 자신만이 눈을 감게 되는 것.

적지 못한 감정, 담지 못한 마음, 쓰지 못한 기억, 하지 못한 노래. 그리고 잊지 못한 사람에 관한 모든 기억을 하나씩 잃어간다는 건 어떤 비극일까.

그렇게 생각한다면 다 부질없이 느껴지는데, 나는 뭐가 아쉬워서 모든 것을 꽉 붙잡기 위해 아등바등 현재를 보내는 걸까. 그치?

치매 증상이 심해진 할아버지가 집을 나갔다는 신고가 또 접수됐어. 할머니가 말씀해주신 인상착의를 토대로 대대적인 수색을 벌였는데도 찾지 못했던 할아버지가, 몇 시간 후 택시를 타고 스스로 돌아오신 거야. 한 손에는 농약을 들고서. 치매를 앓게 된 자신의 처지를 무척이나 비관했다는 할아버지. 기억을 잃어가는 자신의 모습을 참을 수 없어 자살하기 위해 집을 나간 후 농약을 샀지만 그 순간 농약을 산 이유까지 잃어버린 할아버지. 그렇게 어리둥절한 표정으로 농약을 들고 집에 돌아온 할아버지. 아! 이렇게도 고약한 질병이 있을 수 있을까. 저절로 탄식이 나오던 장면. 신의 선물임과 동시에 악마의 선물이기도 한 망각의 현장. 그렇지 않아도 쓸쓸한 일이 잔뜩 있는 노년에, 망각까지 힘을 더하니 어째 더 서글프게만 느껴지더라.

순찰 중 치매 어르신을 발견한 뒤 목걸이에 적힌 번호를 통해 아들에게 연락했던 어느 밤. 황급히 달려 온 아들은 구십대인 어머니보다 더 늙은 모습이었어. 급히 오는 와중에도 어머니에게 드릴 바나나 우유를 챙겨 온 아들은 파출소를 나서며 "허허, 이러다

제가 어머니보다 먼저 가겠습니다."라는 말을 쓸쓸히 남겼지. 언니, 나는 민들레의 맛처럼 쌉싸름한 그 말이 지금도 기억나.

잊지 못한 사람에 관한
모든 기억을
하나씩 잃어간다는 건
어떤 비극일까.

늙지 못한 아이들

언니, 참 모순적인 말이지만 때로는 죽음이 더 좋아 보이는 경우도 있어. 너무도 애타게 누군가를 찾고 있지만 그 사람이 살았는지 죽었는지 알지도 못한 채 수십 년의 세월을 답답한 가슴으로 버텨내는 것보다는.

파출소 벽면에는 실종 아동을 찾는다는 커다란 포스터가 붙어있어. 모두들 현재의 나이가 지금 내 나이보다 많은데, 여전히 갓난아기로만 기억되고 있는 이 사람들은 다 어디로 갔을까. 살아는 있을까. 한국에 있긴 할까. 처음엔 이런 포스터가 붙었는지도 모르고 있다가 눈에 들어오는 순간 한 글자 한 글자 힘주어 읽어봤어. 언니, 포스터에 이름 올린 아이들의 모든 부모님이 어떤 심정으로 여기에 넣을 문구를 작성했는지 나는 짐작조차 할 수 없을 거야. 아이의 사진 밑에는 이름과 실종 당시 나이, 현재 나이, 그리고 부모가 기억하는 아이의 특징을 몇 개 나열해놓았는데 읽는 내내 눈물이 차올라서 차마 끝까지 읽을 수가 없더라.

쌍꺼풀이 없고 눈이 작은 편이며 안짱다리라는 아이, 실종 당시 3세, 현재 나이 38세, 일찍 결혼했으면 아이가 벌써 중학생은 되었을 이 사람은 아직도 안짱다리로 걸어 다닐까. 키가 작은 편이고 쾌활한 성격이던 실종 당시 11세, 현재 나이 46세로 어느덧 중년이 되어버린 이 아이는 여전히 키가 작은 편일까. 아직도 부모를 즐겁게 해줬던 쾌활한 성격으로 씩씩하게 세상을 살아내고 있을까. 둘째 발가락이 긴 편이던 아이는 34세가 된 지금도 여전히 둘째 발가락이 길까? 가운뎃발가락이 급속히 자라나 발가락 길이 순서가 바뀌진 않았을까.

이 포스터에서 가장 슬픈 단어는 4글자로 이루어진 '특징 없음'이란 단어였어. 실종 당시 만 0세, 현재 나이 32세인 아이는 어떤 특징과 버릇을 보이면서 자라났을까. 부모에게 어떤 특징도 심어주기 전에 품에서 멀어져 버린 이 아이를, 부모는 어떻게 기억하고 있을까.

종이 한 장에 녹아있는 수십 년 세월의 무게를 감당하기 힘들었는지, 포스터를 지탱하던 테이프가 그새 많이 떨어져 있었어. 난 모서리에 새 테이프를 붙여주면서 이 질긴 인연이 언젠간 닿기를, 테이프를 꾹꾹 누르면서 속으로 끊임없이 빌어보았어.

너무도 애타게

누군가를 찾고 있지만

그 사람이

살았는지 죽었는지

알지도 못한 채.

경찰 로또

2016년 7월, 영업방해로 현행범 체포된 피의자가 지구대 안에서 계속 난동을 피운 일이 있었어. 이 피의자는 경찰관을 향해 욕을 하면서 크게 소리를 지르다 급기야 경찰관을 폭행하려 달려들었지. 당시 근무 중인 A순경은 피의자가 달려들자 피하려다가 밀치고 말았어. 술에 취한 상태에서 중심도 제대로 잡지 못하던 피의자는 바닥에 넘어졌는데 얼마 후 A순경을 독직폭행 상해로 고소해버렸지. 언니, 세상에는 그런 일도 있더라.

피의자는 피해자가 되어서, A순경에게 엄청난 합의금을 요구했어. 공무원이 선고유예보다 높은 형을 받는다면 공직을 잃을 수 있는 걸 약점으로 잡은 거지. A순경은 결국 형사소송합의금 5,000만 원에 병원비 300만원까지 물어준 후에야 선고유예를 받고 풀려날 수 있었지만 그게 끝이 아니었어. 그 피의자는, 그러니까 피해자는 형사소송이 끝난 후 민사소송까지 걸어 4,000만 원을 추가로 요구했고, 그때 넘어진 이후 정신장애가 왔다면서 장기 입원까지 하고 있었지. 거기에 자신이 별도로 쓴 입원비도 청구하겠다며 으름장을 놓았고 A순경은 삶의 의욕을 상실해버렸어.

200만 원을 넘기기 힘든 공무원 월급을 가지고 앞이 보이지 않는 상황에서 이제 경찰관으로 첫발을 내디딘 순경이 할 수 있는 일은 뭐가 있었을까? A순경이 갈림길에 섰을 때 손을 내밀어준 사람이 있었어. 바로 A순경이 속한 지구대의 지구대장님이야.

언니, 여자 경찰관은 지구대장이나 파출소장직을 맡는 게 굉장히 어려워. 그런데 그분은 그런 유리장벽에 맞서서 지구대장으로 부임받아 팀원들과 야간근무까지 같이 하면서 직원들을 위해 애써주어 평소에도 칭송이 자자했던 분이셨어. 그분이 경찰 내부게시판에 글을 올린 거지. A순경이 피의자를 밀친 것은 잘못이지만 전후 상황을 따져봤을 때 누구라도 그렇게 행동할 만하고 이제 막 경찰에 입문한 순경이 혼자 해결하기에는 너무나 가혹한 일이라고. 1억 원 가까이 되는 합의금이 필요한데 도저히 구할 길이 없어 경찰 동료에게 도움을 구하고자 1주일만 계좌를 열어두니 부디 협조를 구한다는 말을 덧붙여서.

한 사람을 살리는 데는 채 1주일도 걸리지 않았어. 단 이틀 만에 5,730명의 동료가 마음을 보태 약 1억 4,000만 원이 모인 거야. 소식을 늦게 접해 미처 보내지 못한 사람들이 계좌를 다시 열어달라고 할 정도였지. 지구대장님은 이미 눈물이 차오를 정도로 감사하다며 계좌를 닫았어.

언니, 다행히 이 일은 이렇게 해결이 됐지만 나는 그때의 참담함을 잊을 수 없어. 어떤 기자가 이 사건을 두고 '경찰 로또'라는 표현을 썼더라. 그게 정말 잔인해. 트집 하나 잡아 그걸 악의적으로 잘만 이용하면 경찰관 상대로 수천만 원에 달하는 합의금을 단숨에 쥘 수 있다는 뜻으로 그런 단어를 쓴 거야. 술에 취해 난동을 부려 현행범으로 체포된 피의자가 경찰을 때리지 못하도록 제지한 것이 왜 트집이 되는 건지, 어째서 이 일이 경찰만의 잘못으로 재판을 받아야만 하는 일인지, 도대체 경찰의 인권과 공권력은 어디서 찾아야만 하는 건지. 그리고 조직원들이 자발적으로 한 푼 두 푼 보내 순경 한 명을 살릴 동안 경찰 지휘부는 어디에서 무엇을 하고 있었는지 나는 알 길이 없어.

경찰이 현장에서 안일하게 대응한다고, 팔짱 끼고 지켜만 본다고 자극적인 제목을 단 기사들이 도배되고 국민들은 그 기사를 보고 경찰관을 비난하지. 하지만 경찰관의 손발을 잘라버린 건 누구인지, 그게 다

경찰관만의 잘못인지, 주목해야 할 다른 원인이 있지는 않은지, 그 모든 것의 근본적인 이유를 조명해야 할 때야. 남은 경찰관이 더 이상 이런 일을 걱정하지 않고 당당히 현장에서 활약할 수 있도록, 무엇보다 소극적인 경찰 행정으로 인해 선량한 시민이 피해 입지 않도록, 경찰 로또라는 단어가 사라질 때까지.

경찰관의 손발을
잘라버린 건 누구인지,
그 모든 것의
근본적인 이유를
조명해야 할 때야.

비겁함을 배운다

신고가 들어오면 현장엔 어떤 일이 펼쳐져 있을까 생각하며 출동해. 지역경찰로서 가장 힘든 점은 정보가 부족하다는 거야. 현장은 너무도 다양하고 복잡한데 그것을 이해할 만한 정보는 한없이 부족해서 언제 큰일이 터질지 모르고, 그 일로부터 보호해줄 기관이나 조직도 없어. 이런 현실이다 보니 현장 경찰관이 가장 먼저 배우게 되는 것은 다름 아닌 비겁함이야, 언니. 이번에는 언니에게 나의 비겁함을 고백하려고 해.

스카이콩콩을 타는 남자가 기물을 파손하고 있다는 신고를 받고 의아한 기분을 느끼며 갔던 현장. 40대 남성이 두꺼운 쇠파이프를 개조해 만든 스카이콩콩을 휘두르며 길에 설치된 시설물을 부수고 있었어. 그러다 출동한 나와 내 후배를 보고는 눈이 뒤집혀서 우리를 향해 그 쇠파이프를 휘둘렀지. 현장은 대로 한가운데여서 주위엔 사람이 무척 많았고 버스 안 승객들까지 전부 우리를 쳐다보고 있는 상황이었어. 그 남자와 눈이 마주친 순간 소름이 돋더라. 제정신이 아니다. 미친 사람이다. 나는 그 사람의 눈을 보자마자 알 수 있었어. 이 사람은 지금 이 자리에서 나를 죽일 수도 있는 사람이다. 하지만 여기에 나를 도와줄 사람은 아무도 없다. 나는 권총을 휴대하고 있지만 결코 이 사람에게 쏠 수는 없을 것이다. 범인에게 권총을 발사했다가 유죄 판결을 받고 사라진 많은 선배의 모습과 판례가 눈앞에 주마등처럼 스쳐지나가고, 다리는 바닥에 뿌리내린 듯 걸음을 뗄 수 없었어. 근처에 있던 시민들은 이 장면을 휴대폰으로 녹화하기 바빴지.

정신이 아찔해진 내가 지원 요청을 하기 위해 뒤돌자마자 그 남자는 내 머리를 향해 쇠파이프를 휘둘렀어. 같이 있던 후배가 나에게 피하라고 손짓하지 않았다면 아마 내 머리통은 날아갔을 거야. 그때 쇠파이프로 한 대 맞았다면 나는 지금 이 글을 쓰지도 못하고 있을 거라 확신해. 하지만 우리가 그 사람에게 할 수 있는 강제 조치는 아무것도 없었어. 남자의 부모가 와서 상황을 듣고 집으로 인계해갈 때까지 아무것도 할 수 없었지. 흥분한 그를 진정시키는 것 밖에는. 이 이야기를 들은 언니는 왜 경찰관이 아무것도 못 하냐며 궁금해할 지도 모르겠어. 사실 내가 더 궁금해. 위험성이 명백히 높은 인물에 대해 경찰관이 할 수 있는 조치가 왜 아무것도 없는 건지. 그런데도 요주의 인물들이 사건을 일으키면 왜 출동 경찰관에게 관리 부실을 들먹이며 징계를 선물하는지.

조현병을 앓는 남자가 송곳을 들고 동네를 돌아다니며 현수막이란 현수막은 다 찢는 일도 있었지. 위험성이 있다고 판단한 경찰관들은 그를 정신병원에 응급입원으로 인계했지만 다음 날 가족이 병원에 방문해 퇴원시켜버리더라. 치료를 받지도 못하고 퇴원한 그는 오늘도 바늘 따위를 들고 동네를 돌아다니고 있어. 당시 현장에 출동했던 경찰관은 아무런 치료도 없이 가족만 동의하면 퇴원시키는 것이 무슨 응급입원이냐고 문의를 넣었지만 돌아온 건 법이 그렇다는 답변뿐이었대.

이렇다보니 나도 현장에 가면 참 답답해. 피해자를 위해 해주고 싶은 일은 너무나 많은데 결국 내가 할 수 있는 일은 가해자를 향해 "선생님, 진정하세요."가 끝이야. 어느 순간엔 나도 비겁함이란 가면을 쓴 채 피해자를 외면해버리고 돌아가서 대충 서류만 작성하고 싶은 마음이 굴뚝같아. 피해자의 외침이, 눈물이 내 발목을 잡지만 어쩔 수 없다는 말로 애써 포장해. 나는 정의로움보다 비겁함을 먼저 배운 대한민국 경찰관이니까.

경찰관을 곱지 않은 시선으로 보는 눈은 너무도

많으며, 일이 터졌을 때 경찰 조직조차 현장 경찰관을 보호해주지 않아. 오히려 그 일을 반면교사 삼아 각종 매뉴얼만 만들어 하달하기 바쁘지. 그렇게 경찰관들은 비겁함을 배워. 무력감이 온몸을 잡아먹는 현장을 보며, 정신적 스트레스에 일상이 침몰되어도 심리 치료조차 받지 못해 혼자 끙끙 앓는 동료를 보며, 차곡차곡 배워 온 비겁함은 현장에서 '나만 아니면 돼' 식의 일처리로 나타나. 그러한 현장에 환멸을 느낀 수많은 경찰관은 승진으로, 학연·혈연·지연·흡연 등 자신이 할 수 있는 모든 것을 동원해서 현장을 벗어나고 있어. 현장에 적합한 유능함을 갖춘 사람일수록 현장과 멀리 떨어진 곳으로 가. '곤란한 상황에 처할 일이 없는' 안전한 부서에 자리를 잡고 나오지 않아. 그 사람들을 비난하기 위해 이 글을 쓰는 것이 아니야. 현실의 답답함을 이야기하고 싶은 거야.

언니, 사실 나도 그렇게 생각했어. 시보 기간도 끝나기 전, 글 쓰는 능력을 인정받아 동기 중에서 제일 빨리 경찰서 모 부서에 스카웃되었을 때 나는 속으로 만세를 불렀어. 온종일 입이 텁텁하고 피부를 뒤집어지게 만들며 장기 건강까지 위협하는 야간근무는 더 이상 안 해도 되겠구나. 그리고 그보다, 더는 화가 날 대로 난 민원인들에게 인간 이하의 취급을 받지 않아도 되겠구나. 이제 사건 하나하나 종결할 때 스트레스를 받지 않아도 되겠구나. 나의 자리가 보존되는 것에 대한 안도감이 어찌나 컸던지! 그 달콤함에 취해 한동안 정신을 못 차렸었지. 그렇게 나의 경찰 생활을 위협하는 모든 위험으로부터 벗어난 채 어느 순간엔 지루함과 일탈까지 꿈꾸게 해주는 안전함 옆에서 시간을 보냈거든.

언니, 나 정말 못났지? 그렇게 현장 경찰관들이 눈물로 자신의 처지를 고백한 글을 보면서도 내 일이 아니라는 생각에 한 손으로는 턱을 괴고 다른 손으로는 심드렁하게 마우스 휠을 내리면서 현장을 외면해왔어. 그리고 그때의 화살들이 지금 현장에 남겨진 나에게 되돌아와 가슴을 무척이나 아프게 해. 지금도 '안전한 자리'에 앉아 현장에서 일어나는 일은 과거의 나처럼 창문 밖 구경하듯 별생각 없이 보고 넘길 사람이 너무도 많다는 사실까지도.

이런 현실에서 살아남기 위해 비겁함을 택한 나의 동료, 선배, 그리고 나 자신의 모습을 지켜보는 것도 참 괴로워. 현장에서 점점 작아지는 목소리, 주춤하는 발걸음, 회피하게 되는 시선을 언제쯤 벗어던질 수 있을지 모르겠어.

나의 이 비겁한 고백이, 언니에게 보내는 이 편지가 마지막이길 간절히 기도해. 더 이상 내가 비겁한 경찰로 남지 않도록 언니가, 그리고 이 편지를 보게 될 수많은 언니가 도와줬으면 좋겠어. 경찰관 혼자서는 해결할 수 없는 비겁함이야. 구조가 바뀌어야 해. 사회가, 법이 나서서 경찰관의 얼굴에 쓰인 비겁함이란 가면을 하나씩 벗겨줘야만 해. 부디 피해자의 얼굴에서 눈물을 거두고 미소를 선물해줄 수 있는 경찰관이 되도록, 나의 후배 경찰관들은 비겁함이란 태도를 배울 일이 없도록 도와줘. 그게 비겁한 나의 비겁한 부탁이야.

경찰관 혼자서는

해결할 수 없는 비겁함이야.

구조가 바뀌어야 해.

젊은 경찰관이여, 조국은 그대를 믿노라

'젊은 경찰관이여, 조국은 그대를 믿노라!'

경찰관이라면, 그전에 경찰공무원을 준비하는 수험생이라면 모르는 사람이 없을 만큼 유명한 문장이야. 경찰공무원 시험에 최종 합격하면 합숙 훈련을 받게 되는 중앙경찰학교에도 이 문장이 큼지막하게 설치되어 있었는데. 처음 그 문장을 바라보며 운동장에서 아침 달리기를 할 때 벅찼던 가슴을 아직도 기억하고 있지만, 지금 나는 이 문장이 사실이 아니라는 것을 알게 되었어. 조국이 우리를 믿는다고 했지만 과연 대한민국은 경찰관을, 경찰이라는 조직을 믿고 있는 걸까?

지금 내가 언니에게 하는 이야기는, 나조차도 경찰관이 되기 전에는 꿈에도 생각하지 못했던 것들이야. 나라를 지탱하는 국민들을 위해서 일하는 경찰관에게, 정작 나라가 이런 대접을 해주리라고는 감히 상상도 못 했거든. 아마 이 편지를 보는 언니도 마찬가지일거야.

경찰관에게 야간근무는 뗄래야 뗄 수 없는 일이지. 파출소·지구대와 같은 지역경찰 뿐만 아니라 형사, 수사, 교통 등 대부분의 부서에서 야간근무를 하고 있으니까. 하지만 우리는 2019년 순경 기준으로 시간당 2,997원의 야간수당을 받으며 일을 하고 있어. 2018년에는 2,937원이었는데 해가 바뀌고 60원이 오른 거야. 경찰서장으로 임명될 수 있는 '총경'의 바로 밑 계급인 '경정'도 야간수당이 4,722원에 불과해. 평균 3,000원도 안되는 돈을 받으면서 보내는 밤은 참 길고도 지독하더라. 수많은 경찰관이 '야간수당 현실화'를 외치지만 우리의 목소리는 높은 곳에 닿기 전에 소나기가 되어 흩어지고, 그 소나기를 맞은 채 오늘도 현장으로 달려가고 있어.

언니, 조국이 정말 우릴 믿는다면 순찰근무 도중 근처 가스배달업소의 LPG가스폭발사고에 휘말려 사망한 경찰관의 유족에게 '야간 도보순찰은 경찰관의 일상적인 직무 수행에 해당하므로 순직으로 인정할 증거가 없다, 우연한 사고로 인한 충격으로 숨진 것이다.'는 판결을 내려서는 안 되는 거야. 순찰 도중 도로에 쓰러진 고라니를 발견하고 직접 치우다가 달려오는 차에 치여 사망한 경찰관에게도 순직을 인정하지 않는다는 판결을 내려서는 안 됐던 거야. 남편의 순직을 인정받으려고 홀로 남겨진 부인이 탄원서를 모으기 위해 거리로 나오게 해서는 안 되는 거잖아. 일하다 죽은 경찰관의 죽음을 왜 일하다 죽은 것이라 믿어주지 않는 거야? 공무집행 중 영구 손상을 입었는데 도대체 무엇 때문에 공상으로 인정해주지 않는 거야? 고인의 넋이 저승에 닿기도 전에 그건 순직이 아니라니, 일하다 죽은 걸로 인정할 수 없다니. 유가족의 눈물마저 말라버리게 만드는 그 잔인한 말을 어떻게 내뱉을 수 있을까.

일하다 다치거나 죽어도 정당한 보상은 기대하기 어렵다는 생각에 사로잡힌 경찰관이 현장에서 정의감 하나로 버티기엔 환경은 너무도 위험하니까. 가정폭력 현장에 개입했다가 갈 곳 잃은 분노가 경찰관에게 향하고, 정신병을 앓는 사람이 휘두르는 칼에 찔리고, 교통사고 현장을 처리하거나 음주 단속을 하다가 황소처럼 달려오는 가해 차량에 치여 식물인간이 되고, 장소 가리지 않고 주취자가 내뱉는 욕설을 자장가 삼아 밤을 꼬박 새우며 관내의 평온을 유지하기 위해 노력했는데 돌아오는 건 섣부른 비난뿐인 것을. 경찰관이 야간근무에 팀원들과 함께 먹을 야식을 사러 갔다가 누군가에게 도촬당했고, 그것도 모자라서 그 누군가가 경찰은 밤에 일도 안 하고 놀고먹는다며 인터넷에 사진과 함께 글을 올려 수모를 당하고. 정당한 공무집행을 했는데도 '대림동 여경'이란 제목으로 편집된 영상이 인터넷에 나뒹굴고. 도보순찰 중 "너희 월급 얼마나 되냐?"라는 비아냥을 듣고. 굴욕적인 삶에 익숙해진 경찰관은 밖에서 직업을 묻는 질문에 은근슬쩍 대답을 회피하는 데 익숙해지고. 경찰관이라는 직업은 자랑스럽지도 떳떳하지도 못한, 그저 노출될수록 무슨 일에 엮일지 모른다는 가시밭길만 보장하고.

그럼에도 불구하고, 시간당 2,997원짜리 밤을 지새운 고충으로 5만 3천 원짜리 링거를 맞아가며, 제때 순찰차 세차비가 지급되지 않아 손수 차에 물을 뿌리고, 뒷좌석에 주취자가 남겨놓은 토사물과 똥오줌을 치우며 나는, 현장 경찰관은 오늘도 졸린 눈을 비비며 운전대를 잡아. 우리의 목적은 오로지 국민의 평온이니까. 우리 관내는 오늘 밤을 무탈하게 보내야만 하니까. 경찰관 한 명이 노력한다고 일어나기로 작정한 범죄가 스위치 꺼지듯 그치진 않겠지만, 피해를 최소화하고 또 다른 범죄를 예방할 수는 있으니까. 내가 원하는 것은 오직 하나, 경찰관이 마음껏 뛰어다닐 수 있는 환경. 오직 그것뿐이야, 언니. 그게 '젊은 경찰관을 믿는다'는 조국이 해줘야만 하는 일이야.

그럼에도 불구하고

두 손으로 손가방을 꼭 쥔 여자 한 명이 파출소에 들어왔어. 무슨 일이냐고 물었지만 나를 쳐다보지 않고 초점 없는 눈을 계속 돌리며 허공에 대고 이야기하기에 낯설다고 생각했는데, 알고 보니 시각장애가 있는 분이더라고. 그분은 방금 폭행을 당했는데 신고를 하고 싶다고 하셨어. 사건 처리를 위해 조사실로 자리를 옮긴 뒤 이야기를 나눠보니 폭행한 사람이 남편의 형이더라. 한마디로 시숙인 거지. 가족 간의 폭행 사건이니 법대로 처벌받을 가능성이 낮겠다는 생각을 하고 있을 때, 그분이 머뭇거리다가 지금까지 맞고 산 세월이 30년이라고 하셨어. 30년. 언니, 가늠이 가? 자그마치 30년 동안 이어진 폭력이.

그분은 가게를 운영하시는데, 시숙이 매일 같은 시간에 찾아와 밥을 달라며 자신을 폭행한다고 했어. 지적장애에 알코올의존증까지 있다는 시숙의 폭행이 날로 심해져 요즘엔 칼까지 든다고, 이대로 가다간 정말 죽을까 봐 용기 내어 신고한다는 그분의 말 하나하나 서글프지 않은 게 없더라.

병원에서 알코올의존증 치료를 받게 해보신 적 있냐고 물으니 시어머니가 반대한다는 가슴 답답한 말. 자기 아들이 병원에서 치료받는 꼴은 결코 볼 수 없다며 극구 반대하는 시어머니 때문에 제대로 된 치료도 시도해보지 못했다고 하시더라. 그래놓고 막상 시어머니 본인은 아들과 같이 살긴 힘들다고 하셨대. 나는 이 타이밍에 웃음이 날 뻔했어. 내가 돌보긴 힘든데 병원에 보내기엔 마음이 아프니까 며느리만 갈아 넣고 있는 거구나. 하하하. 아침드라마에 나오는 시어머니 캐릭터를 보면서 저런 사람이 어딨느냐고 욕을 했었는데 현실은 언제나 그것보다 더하면 더했지 덜 하진 않는구나. 드라마야 보기 싫으면 TV를 꺼버리면 되지만 그분의 인생은 어떡할까? 눈 감는다고 안 보이고, 고개 돌린다고 외면할 수 있는 현실이면 백 번이고 천 번이고 그러고 싶어. 두 눈으로 현실을 마주하는 것은 너무 고통스러우니까. 하지만 경찰관은 눈물이 줄줄 흐르는 한이 있어도 두 눈을 부릅뜨고 현장을 쳐다봐야만 해.

언니, 이 사건은 이 파출소에서 내가 아니면 제대로 된 조서를 작성할 수 있는 사람이 없다는 생각으로 치열하게 임했어. 난 그분의 얼굴에서 여자의 일생을 보고야 말았으니까. 이용만 당하다 아무도 모르는 곳에서 홀로 죽어갔을 수많은 여성의 그림자가 어른거렸으니까. 구체적으로 어떻게 폭행하는지, 목격자는 있는지, 지금껏 폭행을 당했다는 것을 입증할 증거는 있는지, 진짜 법대로 처벌하길 원하는지, 같이 산다고 했는데 사건을 접수한 뒤 집으로 돌아가서 시숙을 만나면 어떻게 행동할 예정인지, 다른 가족은 있는지. 더 이상 듣고 싶지 않은 끔찍한 현실이지만, 대충 사건 접수만 해놓고 그 뒤의 일은 형사들 몫으로 남긴 채 이 짐을 벗어던지고도 싶었지만, 나는 차마 그럴 수가 없었어. 파출소에서 하는 일이 사건을 접수하고 담당 부서에 인계하는 것으로 끝나긴 하지만, 그때까진 최선을 다하고 싶었어. 왠지 그분 인생에서 오늘의 나만큼 그분의 이야기에 집중해준 사람이 없었을 것 같다는 생각이 들었으니까.

서류 작성을 끝낸 뒤 보여드리자 그분은 당황스러운 표정으로 글을 모른다고 하시더라. 시각장애가 있는 그분은 한글을 배울 기회가 없었던 거야. 지금껏 깜깜하게 살아왔고 앞으로도 말 그대로 깜깜한 생을 살아갈지도 모를 그분을 위해, 나는 작성한 서류를 하나하나 읽어드렸어. 그러다 시간이 오래 걸려 이런 사정을 모르는 같은 팀 선배에게 일처리가 느리다며 면박을 듣긴 했지만 진짜 최선을 다했어.

그런데 언니, 나는 알고 있어. 이분이 재판까지 갈 가능성은 희박하다는 걸. 경찰이 사건을 접수한다고 한들 검사를 넘어 법정까지 가야 하고, 법정에서 판사가 판결을 내려야 끝나는 길고 지루하며 기약도 없는 과정을 지속할 힘이 있을까, 그분에게? 나는 그런 현실을 숨긴 채 "사건이 접수되었으니 시숙은 법대로 처벌받을 거예요."라는 희망찬 소리만 건넬 수밖에 없었어.

들어왔을 때처럼, 허공을 향해 감사의 인사를 전하고 돌아가는 그분의 인생은 이제 어느 방향으로 흘러갈까. 한 명의 인생을 망치는 건 한 사람으로 족하지만, 그 망가진 인생을 구원하는 건 수많은 사람의 힘이 필요한 일이야. 힘없는 한 명의 경찰관인 나의 노력으로는 그 어떠한 것도 바꿀 수 없어. 지금까지 그랬고 앞으로도 그럴 테지만, 그 사실을 뼛속까지 새긴 나지만, 그럼에도 불구하고 이런 일을 맞닥뜨리게 되면 피해자를 위해서, 그 사건을 해결하기 위해서 계속 노력하는 이유는 무엇일까. 나한테 무슨 대단한 사명감이 있어서 그러는 건 아니야. 남 일에 간섭하기 싫어하고 나한테 피해만 안 가면 모든 상황을 눈 감고 지나가는 철저한 보신주의자이자 비겁한 인간인 내가 왜 출근만 하면 그렇게 안 해도 될 고생을 하는 걸까. 제복이 주는 힘 같은 건 하나도 없는데. 매번 사이즈도 안 맞는 근무복을 억지로 입느라 배에 가스가 차고 그로 인한 복통에 시달리는 날이 많은데.

언니, 나는 오늘도 일기에 써. 아무것도 모르겠다고. 한 명의 노력으로 바꿀 수 있는 일은 아무것도 없다고. 그런데 언니, 나는 또 다른 걸 알고 있어. 한 명의 노력으로 모든 것을 바꿀 수도 있다는 걸. 그 가능성마저 져버리기엔, 나는 그럼에도 정말 어쩔 수 없는 대한민국의 경찰관이라는 걸. 나의 이야기가, 지금도 무수한 현장에서 나와 같은 마음으로 고개를 숙이고 있는 경찰관의 외침이, 마냥 흩어지기만 하는 것은 아니라는 걸. 민들레 홀씨가 날아가듯 바람에 의해 이리저리 흔들리겠지만, 결국 어딘가에는 단단히 뿌리를 내리고 이 이야기를 더욱 퍼뜨릴 수 있을 거라는 가능성을 나는 굳게 믿고 있다고.

법은 멀고 주먹은 가까우며 법이 문지방을 넘기엔 현실의 벽이 너무 높지만, 인과응보 따위 영화에서나 가능한 일이고 나쁜 사람일수록 더욱 잘 먹고 잘 사는 세상이 되었지만, 정직하게 땀 흘리는 노동이 보잘것없는 것으로 치부되지만, 믿음·소망·사랑 그중에 제일은 돈이지만, 그럼에도 불구하고 바다에 떠다니는 플라스틱 쓰레기를 줍고 정의롭지 않은 일을 고발하기 위해 많은 걸 잃으면서까지 투쟁하는 한 명의 정의를. 그것이 불러일으키는 선한 영향력까지 무시하기엔 세상이 너무도 아름답기 때문에. 그 아름다운 세상을 모두와 나누고 뒷 세대에 온전히 물려주어야 하기 때문에. 나는, 경찰관은, 국민들은 행동해야 한다고. 내 일기는 '아무것도 모르겠다.'는 문장으로 끝내기엔 남은 페이지가 셀 수 없이 많다고.

경찰을 대표하는 캐릭터인 포순이, 포돌이는 큰 눈과 큰 귀가 특징이야. 큰 눈으론 모든 범죄를 빠짐없이 보고, 큰 귀로는 국민의 소리를 귀 기울여 듣겠다는 의미로 만들었다고 해. 동기가 해준 말인데 진짜 인지는 잘 모르겠지만 나는 그 말을 믿기로 했어. 그것이 '짭새'이기 이전에 '거리의 판사' 역할을 맡은 경찰관이 해야 할 일이므로. 사실 굉장히 부끄러운 말이지만 부끄러움을 무릅쓰고 언니에게 고백했으니까, 언니가 이 이야기를 기억해두었다가 나에게 종종 말해줘. 내가 이 마음을 잃지 않도록. 부디, 오래오래.

그녀가 처음 울던 날

언니, 나는 가끔 수험생 시절을 떠올려봐. 책장에 꽂힌 채 먼지가 쌓인 오래된 수험서를 볼 때, 동기들과 '그땐 그랬지' 하며 지난한 세월을 안주 삼아 생맥주를 들이킬 때. 그럴 때면 꼭 생각나는 사람이 한 명 있어.

아는 사람 하나 없이 그저 외로움을 도시락 가방처럼 끌어안고 경찰공무원 학원에 다니던 나날. 사람들 눈에 띄는 것이 싫어 수업이 끝나자마자 죄인처럼 황급히 짐을 챙겨 달아나려던 나를 누군가가 큰 소리로 부르는 거야. “야!” 하고 외치며 나를 붙잡은 그녀는 나의 중학교 동창이었어. 친구이긴 했지만 연락하지 않은 세월이 길어서 친구라는 표현보단 동창이라는 단어가 더 어울리는 아이. 난 그 애의 얼굴을 보면서도 이름이 기억나지 않아 입술만 달싹거렸지. 그 애는 예상했다는 듯 크게 웃었는데, 문득 몇 달간 누군가와 다정하게 눈을 맞추며 얘기해본 적이 없다는 사실을 깨달았어.

원매는 어떻게 보면 독특했고 어떻게 보면 우악스러운 면이 있는 아이였어. 시골 할머니처럼 억양이 강한데다가 사투리가 거칠었고 잔소리도 무척 심했던 거로 기억해. 나름의 정의심도 강했고 주위 시선을 신경 쓰거나 주변인들에게 굴복하지 않아, 왕따를 당하는 아이에게 말벗이 되어 주기도 했지. 원매의 손을 잡았던 그 아이가 나중에 도리어 원매를 향한 근거 없는 소문을 퍼뜨려 원매를 곤궁에 빠뜨렸지만, 그때도 원매는 자신을 배신한 아이에게 싫은 소리 한 번 하지 않았어. 늘 최선을 다하며 괄괄한 목소리로 교실을 활보하고 다니던 원매가 제법 좋아서, 난 원매와 꽤 자주 어울렸던 것 같아.

아직도 기억나는 원매의 모습은, 공부를 무척 열심히 했다는 거야. 하지만 성적은 늘 중하위권이어서 난 항상 의아했어. 언니, 원매는 정말 한시도 요령을 피우지 않고 전교 1등보다 더 열심히 공부했었다니까. 그러다 기말고사가 끝나고 하교하던 길이었을 거야. 정확히 모르겠지만 해가 지기 전 오후 시간이라는 것과, 승객이 많아 버스를 서서 타고 갔던 장면이 기억나. 흔들리는 버스 안에서 손잡이를 잡고 위태롭게 서 있던 원매가, 그 괄괄하던 원매가 전에 없이 힘없는 목소리로 끝말을 흘리며 내게 말했어. "야, 난 진짜 멍청한가 봐. 손에 힘이 안 들어갈 정도로 열심히 쓰고 외우고 공부해도 성적이 안 나와." 그리고 그녀는 얼굴을 찡그리며 눈물을 흘렸지. 달리는 버스보다 수만 번은 더 혼자서 흔들렸을 원매의 어깨가 유난히 눈에 들어오던 어느 처절한 오후였어.

그랬던 원매를 십 년 가까이 지나, 그것도 경찰공무원 학원에서 만나다니 정말 신기했지. 원매와 나는 경찰공무원 시험을 준비한 시기도 비슷해서 늘 같이 어울려 다녔어. 점심때면 같이 옥상에서 도시락을 먹었고, 특강 수업 전이면 옆에 있는 편의점에 달려가 초콜릿 하나를 사서 깨알같이 나눠 먹기도 했지. 고집스럽고 융통성 없는 원매의 성격은 못 본 세월 동안 더욱더 단단해져 정말 악착같이 공부했어. 어쩌면 넉넉하지 못한 집안 형편이 그녀를 지독히 단련시켰는지도 모를 일이야. 학원 수업만 따라가기도 힘든데 원매는 학원비에 보태겠다며 편의점 심야 아르바이트까지 병행하기 시작했으니까. 밤새워 일하고 쪽잠을 잔 뒤 다시 아침 수업을 들어야 하는 말도 안 되는 일과였지만 난 원매가 수업 시간에 조는 모습을 한 번도 본 적이 없어.

그래도 중학교 시절과 달리 노력에 대한 보상이 따라와 원매의 필기시험 성적은 쑥쑥 올라갔어. 6개월도 되지 않아 그녀는 학원 모의고사 순위에서 3등

이하로 떨어지지 않는 강력한 합격 후보가 되었지. 나약하고 우유부단한 나와는 너무도 다른 원매의 모습을 보면서, 조만간 우리의 길이 확연히 달라질 것 같은 불안감에 스스로 자책을 많이 한 것도 사실이야. 언니, 정말 웃기지. 보상받아 마땅한 노력을 하는 원매에게 내가 자격지심을 느꼈다는 게. 내가 그만큼 열심히 할 생각은 하지도 않고서, 그렇게 못난 모습으로.

그사이 우리는 체력시험도 준비해야만 했어. 필기보다 체력시험 비중이 더 큰 경찰공무원 시험이었으니까. 나는 그전까지 제대로 운동을 해본 적이 없어서 전문가의 도움을 받고자 공무원 체력시험을 대비해주는 학원에 등록했고, 원매는 학원비가 아깝다며 혼자 헬스장에 다니기 시작했는데 그 운동량조차 원매의 성격답게 무식할 정도로 고집스러웠지. 원매는 윗몸일으키기와 팔굽혀펴기를 매일 500회 이상, 어느 날은 1,000회 이상 해치우더라고. 그러다 몸에 무리가 가면 큰일이라고 말려도 보고 진심으로 화도 내봤지만 원매는 더욱 독하게 운동에 매달렸어. 그러는 동안 난 그녀의 성격에 조금 질려버렸나 봐. 내 말을 귓등으로 듣는 원매에게 나는 더 이상 아무런 말도 하지 않았고, 원매도 나에게 아무런 말을 하지 않았어.

그리고 곧 시험날이 되었지. 언니, 어떻게 됐을 것 같아? 언니가 예상한 대로 원매는 당당히 필기시험에 합격했어. 나는 당연히 탈락했고. 씁쓸하기도 했지만 원매의 노력을 바로 옆에서 지켜본 나는 친구의 합격소식이 당연하다고 생각했기 때문에 진심으로 응원했지. 그동안의 자격지심은 다 날려버리고, 내 몫까지 한 번에 최종합격하길 바라면서.

하지만 원매의 인생은 그렇게 호락호락하지 않았어. 체력시험 직전 무릎이 결국 망가져 버린 거야. 삐거덕거리며 아프던 원매의 무릎은 제대로 걸을 수조차 없는 지경이 되었어. 언니, 사람이 궁지에 몰리면 마음이 다급해져서 이성적인 판단이 흐려지나 봐. 원매가 덜컥 무릎 수술을 결정해버린 거야. 병원을 여러 군데 다니면서 더 정확한 진단을 받아볼 생각도 않고, 체력시험 전에 무조건 달려야 한다는 생각 하나로 동네에서도 신뢰도가 낮은 허름한 병원 수술대에 다짜고짜 누워버렸어. 그래도 난 불안한 생각일랑 떨쳐버리고 웃는 얼굴을 선물 삼아 원매의 병문안을 갔더랬지. 그때 원매의 어머니가 통닭을 시켜주신 게 기억나. 통닭을 집어 드는 원매는 평소처럼 호탕하게 웃고는 있었지만, 얼굴에는 걱정과 불안이 가득 차 있었어. 난 세상에서 제일 불편한 식사를 마치고 병원에서 도망치듯 나와 버렸지. 난생처음 보는, 두려움에 잡아먹힌 원매를 보는 게 너무 힘들었으니까.

세상에 신이란 없는 걸까. 예수든 부처든 뭐든 신이 있다면 원매에게 그러면 안 됐어. 병원에서 엉터리로 진행한 수술 탓에 원매는 달리기조차 제대로 할 수 없는 지경이 됐고, 체력시험장에는 아예 가지도 못했지. 한쪽 다리를 절룩거리며 학원 데스크에 시험을 포기하겠다고 알린 채 계단을 내려가던 원매는 끝내 눈물을 터뜨렸어. 그 옛날 버스에서 봤던 것처럼 서서히 얼굴을 찡그린 채 고장 난 수도꼭지처럼 눈물을 펑펑 흘리면서. 친구의 눈물방울에는 너무도 무거운 인생의 무게가 담겨 떨어졌어.

원매가 학원을 그만둔 후에도 간간히 연락은 했었어. 다른 병원에서 재활 치료 중이며 몸에 무리가 가지 않는 선에서 나름대로 아르바이트를 하고 있다는 소식을 들었지만, 내가 시험에 합격한 뒤엔 그마저도 들을 수 없게 되었지. 나도 원매에게 어떤 말을 해야 할지 몰라 망설였고, 그렇게 서로 망설이는 사이 우리의 관계는 너무도 멀어져 버렸더라.

언니, 나는 지금도 원매가 나타나 괄괄한 웃음을 지으며 예전에 그랬던 것처럼 나를 향해 유쾌하게 호통쳐주길 바라지만 원매의 목소리는 어디에서도 들리지 않아. 하지만 나는 원매의 노력을 끝까지 기억할 거야. 언니도 나와 함께 기억해주면 좋겠어. 언제 어디서든 환경에 굴하지 않고 그 누구보다 씩씩했던 원매를, 앞으로도 그렇게 열심히 살 원매를 말이야.

그럼 언니,

안녕,

언젠가.

이제 진짜 언니에게 작별 인사를 해야겠어. 또 마음이 지치고 힘들 때, 누군가의 죽음과 상처를 목격한 뒤 그게 내 것인 양 아파할 때면 언니에게 부칠 편지를 쓸지도 모르겠어. 그때도 내 곁에 있어 준다고 약속해줘, 지금처럼. 난 그거면 충분해.

길고 찌질하고 징징대기만 한 내 이야기를 들어줘서 고마워. 이 편지가 끝나면 잠시 나를 위해, 원매를 위해, 그리고 어딘가에서 지금을 이겨내고 있을 경찰관을 위해 기도해줘. 나도 언니를 위해 기도할게. 더는 아플 일이 없을 거라는 불가능한 말보다는, 아파도 적당히 아프길, 이겨낼 수 있을 만큼만 아프기를 바라면서.

그럼 언니, 안녕, 언젠가.

목소리는 이어져야 하고

휴대폰으로 동영상을 찍으려는데, 저장 공간이 부족하여 동영상을 찍을 수 없다는 알림이 떴다. 그 때 알았다. 품고 있는 과거가 너무 많으면, 현재를 기록할 힘이 없다는 걸. 때때로 과거를 정리해주어야 앞으로 채워나갈 현재도 더 많아진다는 걸. 그 생각으로 이 책은 시작되었다. 나의 과거를 책이라는 것에 맡겨놓고, 앞으로의 발걸음을 조금 더 힘차게 내딛기 위해서.

이 책을 읽은 사람 중 누군가는 이렇게 말했다. 책이 너무 우울하다고. 여기에 반박할 생각은 없다. 실로 우울하고 우울하며, 끝나지 않는 내전처럼 나아질 거란 희망조차 느껴지지 않는 글이 대부분, 어쩌면 전부일 수도 있겠다. 그러나 내가 경찰관으로 일하면서 출동한 현장에서 목격한 거의 모든 장면이 그와 같은 느낌이었고 그것이야말로 진정한 현실이었다. 때론 너무 비참하여 고개를 돌려버려도 눈은 돌릴지언정, 코끝을 때리는 피냄새까지는 막을 수 없었던 광경이었다.

경찰관이 해결해줄 수 없는 문제가 대부분이었고 국가의 도움을 받지 못한 사람들의 절규가 지천에 널브러졌다. 나는 내가 본 현실을 과장하지도, 그렇다고 행복으로 포장하고 싶지도 않았다. 너무 우울하게 느껴진다고, 그 때문에 불편하게 느껴진다고 해서 시선을 거두어서는 안 된다. 모든 현장에 놓인 피해자와 가해자, 그리고 경찰관까지, 타인의 시선이 닿지 않는 순간 끝나기 때문에. 어떻게든 목소리는 이어져야 하고 연대는 계속되어야 한다. 그것이 나로 하여금 끝까지 펜을 놓지 않게 만들었다.

이렇듯 마지막 끈을 붙잡는 심정으로 책을 펴냈는데, 사실 책을 만드는 과정 자체도 순탄치가 않았다. 나는 경기도 부천에 있는 '오키로미터'라는 책방의 독립출판 제작 워크숍을 수강했는데 오가는 길이 거의 모르도르로 가는 프로도의 여정마냥 험난했다. 내가 사는 지역에서 책방까지 가기 위해선 시외버스, 시내버스, 지하철, KTX, 두 다리를 이용한 달리기까지 가능한 모든 수단을 동원해야만 했고 시간도 너무 많이 걸렸기 때문이다. 노트북 가방을 안고 우사인 볼트가 되어 시외버스 터미널, 부천역, 서울역을 달렸던 걸 생각하니 참으로 역경의 수업이 아닐 수 없다.

하루는 강남 시외버스터미널에서 고속버스를 타려고 예매해놨는데 아무런 생각도 없이 서울역까지 질주한 뒤 예매해놓은 표가 없어 놀라다가 그제야 버스를 예매해놓은 사실을 알고, 부랴부랴 다시 기차표를 예매해서 탄 적도 있었다. 수업이 예정보다 늦게 끝나 기차를 놓쳐 무궁화호를 탄 적도 있었는데 5시간 동안 꼼짝없이 기차에 갇혀 죽을 것만 같은 기분도 느꼈다. 그동안 몰랐는데 무궁화호에는 접이식 책상도 없어서 노트북으로 뭘 하지도 못하겠더라. 그렇게 10시간이 넘는 여정이 끝나고 집으로 터덜터덜 걸어갈 때쯤 내가 왜 이 고생을 하는가에 대한 원초적 물음으로 눈물이 떨어질 때도 있었다.

체코 프라하까지 직항 비행기로 10시간이 걸렸는데, 나는 책을 만드는 동안 매주 프라하를 간 셈이었다. 동유럽의 아름다운 건축물은 없었지만 책을 사랑하는 아름다운 사람들이 있었고 수업 시간만큼은 모든 피로를 잊은 채 글에만 집중할 수 있었다. 워크숍이 끝난 뒤 집에서 혼자 원고를 수십 번 검토하고 편집하면서도 이런 투정에 가까운 글을 누가 좋아해줄까 하는 일차적 물음에 다시금 시달려야만 했다. 작가가 이렇게 외롭고도 치열한 직업이었던가. 스스로 작가라 칭하기 부끄럽지만 아무튼 그런 생각도 했다. 그렇게 고생고생하며 만든 책이 책방 사장님들의 적극적인 홍보를 등에 업고, 입소문을 타고 멀리멀리 날아가 책에 실을 에필로그까지 적게 됐다니. 대학교 1학년 때 교내 문학 공모전에서 소설 부문 대상을 받은 이후 스크랩했던 신문 기사를 다시 펼쳐봤다. 촌스러운 옷을 입고 바보같이 웃는 내 사진이 보인다. 야, 너 결국 책을 하나 내긴 내는구나.

익명으로 책을 낸 이유는, 작가인 내가 한 명의 인물로 특정되지 않을 때 독자분들로 하여금 작가가 누구인지 상상하도록 유도하고 싶어서였다. 동네를 지나가는 순찰차를 보면서, 문득 마주치게 되는 경찰관을 보면서 저 사람이 이 책을 쓴 게 아닐까, 하는 호기심으로 한 번 더 쳐다보도록 만들고 싶었다. 이후북스 책방지기 상냥님이 이 책을 읽고 난 후 순찰차를 볼 때마다 단순히 순찰차라는 사물이 아닌, 그 차 안에 타고 있는 사람에 대해 생각해보게 되었다는 말을 해주었는데, 그 소감이야말로 내가 익명으로 책을 낸 것에 대한 완벽한 해석이라는 느낌을 받았다. 나는 앞으로도 가능한 한 계속해서 책을 낼 것이고, 그렇게 사람들이 계속해서 경찰관이라는 직업에 대해 관심을 가지도록 안내하고 싶다. 나의 부족한 능력을 최대한 발휘해서, 우리 경찰관들이 조금이라도 덜 외로울 수 있도록.

책의 챕터는 산 사람, 죽은 사람, 남은 사람으로 나뉘는데 결국 그 모든 사람이 경찰관인 내가 품어야 할 '내 사람들'임을 지금에야 어렴풋이 받아들이게 되었다. 이 책에 등장하는, 가해자를 제외한 모든 사람이 나와 마주쳤던 순간보다는 더 나은 지금을 살고 있기를 진심으로 기도한다. 부처님을 대단하게 믿는 건 아니지만 정기적으로 절에 가서 그들을 위한 향을 피워 올린다. 그리고 나만의 이 작은 의식은 내가 경찰관을 그만둘 때까지 계속될 것 같다. 그 사람들이 너무도 힘이 들 때, 자신을 위해서 기도하는 한 명의 경찰관이 아직 세상에 있다는 걸 생각하며 조금이라도 덜 무너질 수 있도록. 내가 바라는 것은 그것뿐이다.

책을 만드는 내내 '이런 이야기를 누가 좋아해 줄까, 징징거린다고 생각하진 않을까' 하는 걱정에 시달렸다. '경찰'에 대한 좋지 않은 이미지도 있고, 하루가 멀다 하고 터지는 경찰관 개인의 위법 행위에 대한 보도를 보면서 경찰관이 느끼는 생각 같은 건 꺼낼 시기가 아닌 것 같다는 생각까지 했다. 하지만 나의 우려를 날려버릴 만큼 너무도 많은 분이 이 책을 읽어주고 공감해주었으며, 경찰이라는 직업에 대해 다시 한 번 생각해주었다. 또한 같은 경찰관에게도 이런 글을 써주어서 고맙다는 말을 참 많이 들었다. 독자분들이 나에게 건네준 한 마디 한 마디가 얼마나 큰 힘이 되었는지, 이 자리를 빌어 감사의 인사를 드리고 싶다. 그런 응원을 등에 업고 더욱 열심히, 공정하게 일을 해나가야겠다는 다짐도 했다. 더 많은 사람에게 경찰관의 진솔한 이야기가 닿을 수 있도록, 그래서 사회적으로 경찰에 대한 접근방식이 한 단계 한 단계 선진화될 날이 올 때까지.

덧붙여 내가 지치고 힘들 때마다, 어딘가에서 세상의 벼락을 맞고 훌쩍거릴 때마다 울지 말라는 말 대신 실컷 울라며 어깨를 내어준 진짜 '내 사람들'에 대한 감사의 인사도 올린다. 나의 이야기를 들어주는 모든 사람이 나에겐 언니였다. 본문을 통틀어서 이 감사의 인사를 제일 쓰고 싶었는데 막상 쓰려니 생각나는 사람이 참 많아서, 내가 그렇게까지 외롭게 지내진 않았다는 것을 알게 됐다. 이 빚을 어찌 다 갚을까. 아마 평생 갚지 못할 것이다. 갚기도 전에 빚이 자꾸 쌓이기만 하니까.

이 책은 이제 독자분들의 몫으로 남게 될 것이다. 책에 그려진 현실을 어떻게 풀어나갈지는 오롯이 독자분들의 손에 달렸다. 계속 불편한 진실을 마주할 것이냐, 냄새나는 그 현장에 등을 돌린 채 멀어져 갈 것이냐. 한 가지 변함없는 것은, 우리 경찰관들은 그 진실을 끝까지 마주보고 앞을 향해 나아갈 것이라는 굳건한 다짐이다.

POLICE
경찰
POLICE